二見文庫

人妻の密かないたずら

橘　真児

目次

人妻の密かないたずら

第一章　慰めの報酬

1

　同じ東京都内であっても、地名から受ける印象は異なるものだ。

　たとえば「せんべい」というポピュラーな菓子がある。これが「浅草せんべい」なら昔ながらの醤油せんべいだし、「六本木せんべい」ならセレブな感じがするし、「秋葉原せんべい」なら表面にアニメキャラが刻印されているに違いないとなる。まあ、実際にあるかないかは別にして、かように同一の単語でも、頭につく地名によって異なる物になってしまう。

　つまるところ、地名と印象は切り離せないのである。

但し、万人がある地名に共通の印象を持つとは限らない。なぜなら、それは各個人の経験や、これまでに得た情報と連関しているからだ。

卑近な例では、渋谷といえば若者の街というのが一般的か。しかし、彼の地で暴漢に遭った者には恐怖の街でしかない。また、そこに住んでいる人間、たまにしか訪れない人間、訪れたことのない人間とのあいだにも、印象に差異が生じるだろう。ハチ公前しか知らない者は、待ち合わせの街だと思っているかもしれない。

ともあれ、二十四歳にしてフリーターの段田育男《だんだいくお》にとって、最も卑猥な印象を受ける街は神田《かんだ》であった。

千代田区の北東部に位置するその地区は、JRの駅だけでも神田、御茶ノ水、秋葉原、水道橋を含み、かなり広い。ただ、おそらく神田という名前からは、文化的なイメージを持つ者が多いのではないか。書店や出版社、大学も多く、神田という地名を冠した老舗の蕎麦屋もある。

にもかかわらず、育男が〈神田イコール卑猥〉の公式を成立させたのは、彼自身の行動に基づく。今から十年ほど前、中学生だった育男少年が初めて成人向けの書物——要はエロ本を購入したのが、くだんの神田だったのである。

その場所は、正確に言えば神田神保町、神田古書店街と呼ばれるところだ。付近に大学が多く、専門書の古書店が増えていったことが、古書店街の始まりであるという。しかし、中学生の少年が、それら専門書を買い求めるはずがない。いや、エロ本だって、いちおう性の専門書と言えよう。いっそ性書か。アーメンならぬザーメン。

ともあれ、性に目覚めた中学生男子が、その類いの書物や雑誌を求めるのは、別に特殊なことではない。だが、当時彼が住んでいたのは、実家のある千葉県船橋市だ。どうしてわざわざ神田にまで赴《おもむ》く必要があったのか。

実は、育男は熟考と調査を重ねた上で、かの地をエロ本購入のベストエリアであると決定したのである。

まず、地元でエロ本を購入する場合、多大なリスクが伴う。ひとつは、知人に見られる危険性があるということ。

それが友人の男子であれば、あたかも学校のトイレでウ×コをしたかのごとく、大人になるまでからかわれるのは確実だ。最悪、エロ本博士などと有り難くない別称（蔑称）を頂戴するかもしれない。

もちろん、見られたのが女子であっても、よろしくない結果が待ち受けている。

男子のように表立ってからかうことはないにせよ、彼女たちの細密なネットワークによって瞬く間に噂が広がり、それが密かに憧れている女の子の耳に入ろうものなら、一発で嫌われること請け合いだ。

その他、大人関係の知りあいであれば、親に伝わってこっぴどく叱られるであろう。また、書店経由で学校にまで話が及び、先生の呼び出しを喰らうなんて事態もあり得る。

かように、地元でエロ本を手に入れることは、二十四時間闘い続ける米国テレビドラマの捜査官さながらに、危険と背中合わせなのだ。

まあ、そもそも一般の書店で中学生が買えるエロ本など、たかが知れている。成人向けに分類されるものは売ってもらえないし、せいぜい官能小説ぐらいであろう。それにしたって、白い目で見られるのは確実だ。

つまり、エロ本を購入するためには、面の割れていない、尚かつ、比較的手に入りやすい地でミッションを行なう必要があった。

かくして、懸命にリサーチをした育男が白羽の矢を立てたのが、東京は神田の古書店街だったのである。

たくさんの書店があれば、それだけエロ本の選択肢が増える。それらをしっかり吟味すれば、つまらないブツを摑まされることもあるまい。

それに、古書であれば当然ながら安い。限られた予算の中で、多くのエロ本を手に入れることができる。

また、古い雑誌なら、成年向けマークの入っていないものもあるかもしれない。それなら大手を振って買えるはずである。

もうひとつ、交通の便がいいことも挙げられる。実家の最寄り駅は西船橋駅で、東京メトロ東西線に乗って九段下《くだんした》で下車すれば、神田神保町はすぐそこだ。乗り換えなしで目的地に到着できる。交通費も安く済むし、そのぶんをエロ本購入に当てられるのだ。

以上の考察から、育男少年はエロ本獲得作戦の地として、神田神保町を選んだのである。

あれは中学二年の冬であった。無駄遣いせずに蓄えておいたお年玉を懐に、彼は神田へと出向いた。親には参考書を買いに行くと嘘をついて（もっとも、性の参考書には違いないが）。

結論から言えば、首尾は上々であった。古書店の親爺《おやじ》さんに白い目で見られたとか、一番ほしかった雑誌が、店員が綺麗なお姉さんだったために買えなかったとか、ビニールのかかったものをタイトルだけで判断して購入したら男色家向けのもので、あとで処分するのに苦労したなんてことはあったけれど、その程度はごく些細な瑕疵《かし》に過ぎない。

限られた予算で、育男はかなりのブツを手に入れられた。それからの一年間、充実したオナニーライフを送れたほどに。翌年の受験で志望高校に合格できたのは、適度な欲望発散で勉強に集中できたからだ。

加えて、彼はそのとき初めて、官能小説や体験告白集といった活字のエロ本を手に入れた。これが思いのほかよかったことから読書に目覚め、普通の本にも親しむようになった。おかげで、苦手だった国語が得意になったのである。

つまり、エロ本を求めてのアドベンチャーが、あたかもペニスが勃起するごとく、その後の人生を上向きにしたとも言える。

ともあれ、以上の経験により、育男にとって神田はエロ本を買った思い出の地となり、すなわち卑猥な場所という認識が刷り込まれたのだ。

しかしながら、彼がエロ本を求めて神田に赴いたのは、一度きりであった。高校に入ってからはパソコンを手に入れたこともあり、自慰のオカズはネットで収集した。何しろ無料で、かなり露骨なものが得られるのだ。そうなれば、お年玉を貯めて遠出する必要はなくなる。

彼の地はあくまでもエロ本を購入するための性地、もとい聖地であった。そのため、育男と神田の縁は、一時的にぷっつりと途切れた。

彼が次に神田を目指したのは、大学受験のとき。高校生の育男は進学先として、神田にある私立大学を第一志望にしたのである。

これに関しては、エロ本の件とは無関係だ。いい大学に入れば彼女ができて、オナニーをする必要はなくなる、なんて期待はあったけれど。

ところが、残念ながら受験は不首尾に終わった。これは、ネットのエロメディア収集に夢中になったため、学習時間が著しく減ったためである。

こんなことならパソコンを封印し、神田でエロ本を求めるんだったと、後悔しても後の祭。結局、一浪して西東京の無名大学に入った。

ちなみにその大学は、彼が入学した翌年から新入学生の募集を停止し、卒業すると同時に廃校となった。大幅な定員割れが理由である。そんなところなら、合格できたのも当然だ。何しろ浪人中も、相変わらずネットにかじりついていたのだから。

さらに就職でも、育男は神田にある出版社を片っ端から受けた。官能小説が発端で本好きになり、自分で小説っぽいものを書いたこともあったから、そっち方面の仕事がしたかったのだ。

しかし、こちらも全滅。エロ本購入が一度きりだったため、神田明神に見限られたのかも知れないと落胆したものの、もちろんそんなことはない。無名大学出身で、おまけに努力らしい努力をしなかったからである。

育男の両親は極めて常識的であったから、大学卒業と同時に息子を家から追い出した。人生の厳しさを味わわせ、独り立ちさせるためだ。就職できなければアルバイトでもして食いつなげと、一切の援助を打ち切った。

それでも、安アパートとは言え敷金と礼金、二月分の家賃を前もって払ってやったのは、不肖の息子を愛おしむ親心と言えよう。こうして、二十三歳にして独立した育男は、就職活動をしながらフリーターとして出発した。

それから、一年半の月日が流れた現在――。

（ああ、おれはこれから、どうなるんだろう……）

育男は肩を落とし、ひとびとが行き交う東京の街をとぼとぼと歩いていた。

もうすぐ九月だというのに、照りつける日射しは遠慮も知らず厳しい。アスファルトや歩道のブロックからたち昇る熱気もむんむんしており、上からも下からも攻められて、不愉快のサンドイッチ状態にあった。

だが、物憂い気分に苛まれているのは、熱さのせいばかりではない。

将来のためにもフリーターではなく、ちゃんとしたところに就職したい。会社員という肩書きがほしい。

そう願って就職活動を続けてきたものの、落ち着き場所がいっこうに定まらない。高望みなどできる立場ではないと重々承知しているから、希望先はかなり妥協していたはずなのに、ことごとく失敗に終わっていた。

おまけに、彼はアルバイトをクビになったばかりであった。勤めていたのは大衆居酒屋で、時給や交通費などの待遇がよく、シフトもわりあい自由が利いたから、かれこれ一年以上も勤めていた。

ところが、本社の方針で支店が統合され、バイトの人員も削減されることとなった。その削減されたほうに、育男は入ってしまったのである。

最後のバイト料を受け取ってきたばかりで、懐はそこそこ温かい。しかし、先の見通しが立たないから、無駄遣いなどできない。家賃だの光熱費だの食費だの、生きていくためにはお金がかかるのだ。

そういうことがちゃんとわかるようになったのは、家を出て独立したおかげであろう。人生の厳しさも、嫌というほど味わっている。

ただ、解雇を言い渡されたのがつい一昨日で、抗う間もなく放り出されたようなものだから、脱力感と虚しさはかなりのものだ。そのため、次のバイトを探さなくてはと思いつつも、なかなか意欲が湧かなかった。

働いていた居酒屋は神楽坂《かぐらざか》で、アパートは早稲田である。気落ちして住まいに戻る気になれず、育男は逆方向へ歩いた。どこへ行くとも定めずに。このまま消えてしまいたいと、柄にもなくセンチメンタルな気分にひたりながら。

(あれ?)

ふと気がついて、顔をあげる。何やら覚えのある雰囲気、いや、街の匂いを感じたのだ。

見回して、既視感に囚われる。けれど、自分がどこにいるのか、すぐにはわからなかった。

そのとき、ふと目に入った町名表示に「神田」の文字を見つけ、ようやく理解する。

(ああ、ここは……)

中学二年生の冬、貯めたお年玉を持ってエロ本を買うべく訪れた、神田神保町だったのである。

神田の地は、大学受験や就職活動では訪れたものの、それ以降はせいぜい通過するぐらいだった。特に用事がなかったことと、やはりエロ本を買う地という認識があったためだ。さらに、大学にも出版社にも蹴られたことで、足を向けづらくなっていた。

しかし、そのときは虚しさに駆られていたこともあり、要らぬ劣等感に囚われることはなかった。むしろ、何でもいいから縋《すが》りたい気持ちになっていたぶん、過去のいい思い出にひたりたくなったのである。

そのため、足は自然と十年前の道筋を辿る。

やはり十年も経てば、あれこれ変わるもの。古書店街は一度しか来ていないから、うろ覚えでしかないものの、書店の数は減った気がする。代わってコンビニが増えているようだ。

(ええと、あの本を買ったのは、この店じゃなかったかな)

何度もお世話になったから、当時購入したエロ本の内容は、ほとんど頭に入っている。ただ、それをどこで手に入れたかということになると、記憶が心もとない。

それでも、古書が放つ独特の匂いを嗅ぎながら歩くうちに、中学生だったあの頃に戻った心持ちがした。

(エロ本を買うためだけにここまで来たんだから、ひたむきだったよな)

目的はともかく、自分に正直で、気持ちが真っ直ぐだったのは確かだ。あの気持ちのまま受験や就活に臨んでいたら、今ごろ違う人生を歩んでいたのではなかろうか。

(そうだ。久しぶりにエロ本を買って、オナニーしようかな)

ふと、そんな心境にもなる。官能小説はたまに買うことがあるけれど、雑誌の類いはあの日が最初で最後だった。画像や映像関係は、ネットで事足りたからだ。

一昨日、クビを言い渡されたことがショックで、この二晩、射精していなかった。こんなことは、オナニーを覚えて以来初めてではないか。修学旅行のときですら、トイレでこっそり処理したというのに。

もういい年なのだから右手に頼らず、彼女とセックスすればいいのにと、眉をひそめる向きもあろう。しかし、育男は生まれてこの方、彼女という存在を得たことがない。キスすらも経験がない、真《ま》っ新《さら》な童貞なのである。

好きになった、あるいは気になった女の子は何人もいた。だが、そういう子は大概が彼氏持ちだ。仮にフリーであっても、へたれの彼に告白する勇気などなかった。

そもそも、女の子に告白できるような男であったら、エロ本を買うために遠出するなんて計画はまず立てない。それよりは、好きになってもらえるよう自分を磨く努力をするはず。

だからと言って、一生童貞でかまわないと諦めているわけではない。人並みに彼女はほしいし、可愛い奥さんをもらって幸せな家庭を築きたいなんて淡い夢もある。

しかし、できるかどうかもわからないセックスよりは、目先のオナニーを選ぶ。育男はそういう男だった。

ともあれ、十年ぶりのエロ本購入に向け、どこで買おうかと本屋を吟味していたときのことである。前のときはそこまで入り込まなかった、一方通行の狭い路地を歩いていた育男は、

（え!?）

思わず立ち止まり、何度もまばたきをした。さすがにそんなものがあるわけないと目を疑い、見間違いだと思ったのであるが、たしかにそれは存在していたの

である。

そこは八階建ての、雑居ビルの前であった。入り口前に、各階のテナント名を記したプレート表示がある。業種が定かではない会社や法人名が並んだ一番上、最上階の八階は、

【神田オナニー商会】

となっていた。

「なんだこりゃ」

育男は思わず声に出してしまった。

神田イコール卑猥の公式を胸に抱く彼にも、その会社か特殊団体かも定かではない名称には、驚きを通り越してあきれてしまった。いくら何でもストレートすぎるし、公序良俗に反する気もした。

それでいて、妙に惹かれたのも事実。

(オナニーの調査研究でもする団体なのか?)

だとしたら、オナニー研究所とするはずだ。とにかく、設立の意図からしてわからない。

インパクトのある名前にショックを受け、これぞまさに自慰ショックと、どこ

その腕時計メーカーに怒られそうなことを考えつつビルの玄関を眺めた育男は、自動ドアのところにある手書きの貼り紙に気がついた。

【男性アルバイト募集中　神田オナニー商会】

女性が書いたと思しき丁寧な筆跡に、ますます訳がわからなくなる。

(ひょっとして、風俗店なのか?)

受付や案内の男性スタッフでも募集しているのか。

テナントの名前からして、風俗関係というのはあり得る。けれど、ビルそのものはオフィスビルのような雰囲気だ。

こんなところで性的なサービスを提供する店を営業するとは思えなかった。疑問がふくらみ、興味がいっそう湧く。どうにかして実情を知りたかった。

そのとき、いい方法を思いつく。

(あ、そうか。おれは次のバイトを探さなくちゃいけないんだ)

だったら、手始めにここを当たってみればいい。そうすれば、どんなことをしている会社(?)なのかわかるはずだ。それで気に入って条件が折り合えば、雇ってもらえばいい。

そうだ、そうしようと決心し、育男はさっそくビルに入った。

建物自体はそう新しくないようであるが、掃除が行き届いて猥雑な雰囲気はかけらもない。エレベータ内も綺麗だったし、ますます風俗店という推測が怪しくなる。

（ていうか、けっこう広いんだな）

外から見たときはわからなかったが、建物の奥側にあるエレベータまで、入り口からけっこう歩いたのだ。フロアの面積はけっこうありそうだ。

エレベータが八階に止まる。降りた正面に、【神田オナニー商会】と書かれた磨りガラスのドアがあった。その脇に、【会員制】の札が下がっている。

（やっぱり風俗かな……あ、店舗型じゃなくて、派遣タイプの店なのかも）

だったらこういうビルでも営業できるのではないか。そして、もしも本当に風俗店だとしたら、

（ここでバイトをしたら、スタッフの女の子と仲良くなって、もしかしたらヤラせてくれるかもしれないぞ）

お客相手に本番は禁止だけれど、あなたならいいわと特別に——。

あわよくば脱童貞できるかもと妄想し、育男はニヤニヤした。これは是非とも雇ってもらわなくてはと、鼻息を荒くしてドアを開けたところ、

「え？」

予想外の光景に立ちすくんでしまう。

そこは見るからにお洒落なショップという眺めであった。小物やブランド品などが並べられた、都心の一等地で開業しているふうな。

どういうことかと混乱しつつ、店内にフラフラと足を進める。飾られた商品をよくよく見て、育男は息を呑んだ。

（こ、これは――）

なんと、実物を見るのは初めてながら、アダルト関係ではお馴染みのバイブレーターやローター、さらにディルドといった、俗に大人のオモチャと呼ばれる品々だったのである。

すぐにそれとわからなかったのは、カラフルで可愛らしいデザインばかりだったからだ。ディスプレイも凝っており、同じショップが一流デパートの一角にあったとしても、そうとわからず見過ごしてしまうだろう。

とにかく、ここが想像したような風俗店でないとはっきりした。まあ、並んでいる商品からして、そっちの業種に分類されるのかもしれないけれど。

また、テナント名についても納得がいく。確かにこれは、オナニー商会以外の何ものでもない。

（しかし、いくらなんでもストレートすぎないか？）

もうちょっとオブラートに包んでもいいと思うのだが。それから、もうひとつ気づいたことがある。

（ここにあるのって、全部女性用だぞ）

男が使用するホールとか抱き人形の類いが、どこにも置いてないのだ。ということは、ここは女性のためのショップらしい。

なるほど、だから会員制なのかと納得がいく。誰でもずかずかと入り込める店だったら、落ち着いてバイブなど選べまい。会員という限られたひとたちが利用する店だからこそ安心して訪れることができるし、経営も成り立つのではないか。

だとすれば、尚さらテナント名には一考の余地があろう。何しろ、八階にはこの店しかないのだ。オナニーという名称がつけられたところを目指してエレベータに乗るのは、それこそ女性ならかなり勇気が要るに違いない。

（ていうか、女性専用のショップで、どうして男性アルバイトが必要なんだろう？）

育男が首をかしげたとき、

「あの……何かご用でしょうか？」

いきなり背後から声をかけられ、心臓がでんぐり返りそうになる。

「あ――ああ、いえ、あの」

しどろもどろになって振り返れば、出入り口の脇にレジがあり、そこに女性店員がいた。店内の商品に気をとられて、まったく気がつかなかったのだ。

いかにも涼しげな、ノースリーブの白いワンピースをまとった彼女は、大学生ではあるまいか。見た目二十歳前後と若い上に、大人のオモチャ屋で働いていることが信じられないぐらいに純情そうな面立ちである。肩にかかるセミロングの黒髪はサラサラで、いいところのお嬢様っぽくもあった。

（可愛い子だな……）

つい見とれてしまったものだから、彼女が恥ずかしそうに目を伏せる。頬をほんのりと赤らめて。そんなしぐさも、身悶えしたくなるほどにキュートだ。

「ええと、下にあったアルバイト募集の貼り紙を見て来たんですけど」

説明すると、彼女は納得したふうにうなずいた。それから、レジの脇にあった電話を取る。

「――あ、お母さん？　アルバイト希望のひとが……はい」

どうやら内線電話をかけたらしい。受話器を置くと、

「あの、母――会長がじきに参りますので、少々お待ちください」

と、丁寧な言葉遣いで述べた。どことなくオドオドした物腰で。

（会長がお母さんってことは、ここのオーナーの娘なのか）

いかにも慣れていない様子だから、従業員というわけではなく、手伝いをさせられているだけのようだ。学生ならまだ夏休みだし、平日の昼間でお客も少ないからと言われ、渋々引き受けたのではないか。少くとも、自分からこういうところで働きたいとは思うまい。

（いくら同性相手でも、バイブを売るのは抵抗があるだろうしな）

それらのブツを手にしただけで、真っ赤になるのではないか。もちろん、自分で使うのなど論外だ。

恥ずかしそうに俯《うつむ》いてしまった彼女にときめきを覚えつつ、こんな子が彼女になってくれたらいいなと図々しいことを考える。アルバイトもクビになった完全無職の自分に、女の子と付き合う資格があるのかと自問することなく。

そのとき、店の奥にあったドアが開く。

「お待たせしました。神田オナニー商会会長の下牧《しもまき》です」

朗らかに名乗ったのは、クリーム色のスーツ姿の女性だ。シンプルな装いながら、ウェーブした栗色の髪と長い睫毛《まつげ》、やけにキラキラした大きな目が、ゴージャスな印象を与える。

（このひとが……お母さん!?）

育男は啞然となった。

娘が二十歳ぐらいなのだから、母親は四十から五十ぐらいであろうと勝手に予想していたのだ。しかし、彼女はどう見ても、三十代の半ばぐらいである。ということは、十代で産んだのか。

あるいは、実の母親ではなく継母《ままはは》かもしれない。そんなことも考えたが、印象こそ異なるものの、レジの娘と彼女は顔立ちが似ていた。

もっとも、娘のほうが可憐な野の花なら、母親は丹念に世話されて咲き誇った薔薇という感じか。大人の女の色気がぷんぷんと匂い立つようだ。

（ていうか、今このひと、『オナニー』って言ったよな？）

こんな綺麗な女性が、性的な単語をためらいもなく口にするなんて。まあ、その程度で恥ずかしがるのなら、そもそも店の名前にオナニーなんて使用しないはず。

「アルバイトの応募に来たのはあなた？」

値踏みするように見つめられ、育男はしゃちほこばった。

「は、はい」

「では、こちらへどうぞ」

色っぽい美女に先導され、ためらいつつも奥へ進む。

もしかしたら、自分はとんでもないところへ足を踏み入れたのかもしれない。

今さらのように後悔が頭をもたげる。

（ええい、べつに取って食われるわけじゃないんだ）

しかし、別の意味で喰われたいなと、この期《ご》に及んで妙な期待を抱く育男であった。

2

店舗の隣は、やけにがらんとした部屋であった。デスクを並べる前のオフィスという感じか。隅に折りたたみのテーブルやパイプ椅子がまとめてあるから、何かの集会に使うのかもしれない。

「それじゃ、こっちへ来てちょうだい」

泉美に手招きされ、応接セットへと進む。こんな立派なソファーに坐っていいのかなと引け目を覚えつつ、育男は促されるまま三人掛けの端っこに腰をおろした。

彼女はデスクにあったバインダーとペンを持ち、向かいのひとり掛けに腰をおろす。脚を高く組んだとき、ベージュのパンストに包まれた太腿の奥が見えた気がして、育男は胸を高鳴らせた。

「ええと、アルバイトの応募ってことだけど、下の貼り紙を見て来たのね？」

「はい」

「まあ、そうでしょうね。他で告知はしていないから」

ということは、あの貼り紙だけでバイト希望者を見つけようとしているらしい。それはかなり無茶ではないかと、育男はあきれた。そもそも、関係者以外のひと通りが、あまりなさそうな場所だからだ。

もっとも、情報誌で告知を出しても、オナニー商会なんて名前では誰もが躊躇するだろう。というか、掲載してもらえないかもしれない。

「ひょっとして、今日あれを見て、すぐに来たの？」

「ああ、はい」

「てことは、履歴書を用意していないのね」

訝《いぶか》る視線に、頬が熱くなる。服装もジーンズにポロシャツという普段着のままだから、アルバイト面接の準備をして来たわけでないのは明白だ。

「あ――すみません。ただ、どんな職種なのかわからなかったので、まずはそこから確認しようかと思いまして」

「うん。賢明な判断だわ。それで、どんな職種かわかったかしら?」

「まあ、いちおう……」

育男がうなずくと、泉美が「ふふっ」と意味ありげな笑みをこぼす。まるで、見たことがすべてじゃないのよと、からかうみたいに。

「じゃあ、とりあえず、あなたのことを聞かせてね。まずお名前は?」

「段田育男です。階段の段に田んぼ、それから育てる男と書きます」

「了解。育男君ね。生年月日と年齢は?」

さらに、最終学歴や職歴も訊かれる。育男は正直にすべて答えた。バイトをクビになって、次を探していたことも含めて。

「つまり、そういうときにたまたまウチの貼り紙を見たものだから、こうしてやって来たのね」

「はい」

「勇気あるわね」

「え?」

「普通は、『神田オナニー商会』なんて名前だけで躊躇するものだけど」

美女の口から再び発せられた卑猥な単語に、育男はどぎまぎした。

「え、ええ、まあ、そうでしょうけど……でも、だからこそ興味が湧いたって部分もありますので」

「あなた、オナニーが好きなの?」

あまりにストレートすぎる質問に、狼狽する。

「え? ああ、えと——嫌いな男なんていないと思いますけど」

どうにか答えると、さらなる問いかけがある。

「てことは、毎日オナニーしてるのね?」

ポンポンと浴びせられる不躾《ぶしつけ》かつ恥ずかしい質問に、育男は現実感を失いそうになった。

(このひと、何回もオナニーオナニーって、恥ずかしくないのかな?)

まあ、ひと並みの羞恥心があったら、そんな言葉を社名に取り入れまいが。

「え、えと、まあ、だいたい」

「初めてしたのはいつ？」

「……中学一年のときです」

「そうすると、オナニー歴は十一、二年ってところね」

なるほどという顔つきでうなずいた泉美が、バインダーとペンを隣のソファーに置く。これで質問は終わりなんだなと、育男は安堵した。

「経歴は申し分ないわ。そっちは合格。あとは実技ね」

書類選考的な部分はパスしたらしい。実技ということは、接客の態度などをテストされるのだろうか。

しかし、現実はそんななま易しいものではなかった。

「それじゃ、オナニーしてちょうだい」

「へ？」

「聞こえなかった？　わたしが見ている前でオナニーするのよ。ちゃんと射精するまでね」

あまりと言えばあんまりな命令に、育男はうろたえまくった。

「ど、どうしてそんなことしなくちゃいけないんですか!?」

しかし、翻《ひるがえ》した反旗を、彼女はあっさりへし折った。

「当たり前じゃない。ここはオナニー商会なのよ。オナニーをしなくて、何をするっていうの?」

ほとんど言いがかりとしか思えない切り返しに、育男はあきれ返った。そんなことできるわけないと、きっぱり断ろうとしたものの、

「できないのなら、もう帰っていいわ。ったく、度胸がないのね」

侮蔑の言葉を浴びせられ、頭に血が昇る。

「いいですよ。わかりました。やればいいんでしょ」

まさに売り言葉に買い言葉。そして、美熟女がニヤリと笑ったのを見て、育男はまんまと罠にかかったことを悟った。

「じゃ、してちょうだい」

泉美がふんぞり返って顎をしゃくる。これでやらないわけにはいかなくなった。

(くそ……何だっておれが——)

目に悔し涙を滲ませつつ、育男はベルトを弛めて中腰になった。ここでためらったら、情けない男だと決めつけられてしまう。思い切って、ジーンズとブ

リーフをまとめて脱ぎおろす。

「あ、下は完全に脱いでちょうだいね。オナニーの仕方を確認したいから」

脱いだものをいったん膝で止めた育男であったが、渋々言われたとおりにする。上半身は服を着て、下半身はソックスのみというみっともない格好で、再びソファーに尻をのせた。

「もっと脚を開いてちょうだい」

泉美は容赦なかった。これぞまさしく雇う側と雇われる側の差。資本主義の縮図と言えよう。

などと知ったふうなことを考えても、フルチンでは滑稽なだけである。

育男は羞恥にまみれつつ、膝を大きく離した。どうにでもなれと、ほとんどやけっぱちで。

さらけ出されたペニスは、もちろん平常時のままである。オナニー過多のため、伸びきった包皮が亀頭を完全に覆い、恥じ入るようにうな垂れていた。

「ふうん」

その部分をまじまじと見つめた美熟女が、納得顔でうなずく。それが育男の頬をますます火照らせた。

（くそ。いかにもオナニーしか知らないチ×ポだって、わかるのかよ）

童貞であることを見抜かれているようで、劣等感に苛まれる。分身がますます萎縮する気がした。

こんな状態で、オナニーなどできるはずがない。

「さ、しごきなさい」

命じられ、仕方なく柔茎を摘まんだものの、少しも気持ちよくない。軽くしごいても同じこと。まったく昂奮していないのだから当たり前だ。

そんなデリケートな男心を少しも理解していないらしい泉美が、やれやれと大袈裟にため息をつく。

「あら、勃《た》たないの？　オナニーは毎日してるって言ったけど、ひょっとしてインポなんじゃない？」

酷い言われように、さすがに育男はムカムカした。どうにかして一矢《いっし》報いたいと思ったとき、不意に妙案が浮かぶ。

「だって、ここじゃ無理ですよ」

「え、どうして？」

「オナニーには、オカズが付きものじゃないですか。でも、この部屋には、おれを昂奮させてくれるものが何もありませんから」

わざとらしく室内を見回してから、目の前の美女に視線を向ける。顎をあげ、蔑むような眼差しで。

つまり、あなたなんかじゃ勃ちませんよと、暗に訴えたのである。

堂々とした振る舞いからして、彼女は己の美貌に自信があるに違いない。それをへし折ることで溜飲を下げようとしたのだ。

(きっと顔を真っ赤にして怒るだろうな)

あるいは、だったら昂奮させてあげると、服を脱ぎ出すか。どちらにしても御の字である。

ところが予想に反して、泉美が「あらそう」と涼しげに答えたものだから、育男はガクッとなった。

「え？　いや、だから——」

「オカズを用意すればいいのね。ちょっと待ってて」

彼女はソファーから立ちあがると、デスクに向かった。机上の電話を取り上げ、ボタンを一回だけ押す。

「……あ、小百合《さゆり》？　ちょっとこっちへ来てちょうだい」

簡潔に命じてから、泉美が受話器を戻す。こちらを振り返ると、あでやかな笑みを浮かべた。

「すぐに来るはずよ」

言われても、育男は何と返事をすればいいのかわからなかった。

(来るって……誰が?)

他にスタッフがいるというのか。というより、いったいそのひとが何をしてくれるのだろう。

コンコン。

ドアがノックされ、「失礼します」の声とともに開けられる。怖《お》ず怖《お》ずと顔を覗かせた人物に、育男は驚きで固まった。

彼女はさっきレジにいた、純情そうな娘だったのだ。

「あ、いや、これは」

育男は慌てて股間を両手で隠した。けれど下半身すっぽんぽんなのはモロバレで、顔から火を噴きそうになる。

「紹介するわね。娘の小百合よ。大学二年生。小百合、こちらは段田育男君」

やはり親子だったのだ。いったいどこの世界に、下半身まる出しの男を娘に紹介する母親がいるというのか。

小百合はさすがに居たたまれないらしく、目を伏せている。赤らんだ頬が初々しい。

「じゃあ、そこに坐って」

泉美は純情な娘を、育男の向かいに坐らせた。さっきまで彼女がいた場所で、自分は三人掛けのほうに、育男から少し離れて腰をおろす。

「育男君にオナニーをしてもらおうと思ったんだけど、オカズがないからできないっていうの。だから、小百合のオナニーを見せてあげて。そうすれば、きっと勃つと思うから」

到底信じ難い指示に、唖然となる。いったいどこの世界に、男の前で娘にオナニーをさせる母親がいるというのか。

小百合が目を見開き、泣きそうになって首を横に振る。これは当然の反応であろう。非常識な母親とは違い、ごく普通の女の子であるようだ。

と、思っていたのであるが、

「小百合だって、男の子のオナニーを見たいでしょ？　どんなふうにするのか、イクときに精液がどれぐらい飛ぶのか、興味があるって言ってたじゃない。それに、オチ×チンを見ながらオナニーするのが好きでしょ？　お店にあるような作り物じゃなくて、実物を見てできるのよ」

とんでもない暴露話に、愛らしい女子大生が顔を真っ赤にする。しかし、否定しないということは、事実そのとおりなのか。

（こんな可愛い子がオナニーを⁉）

しかも、どうやらディルドをオカズにして、まさぐるのが好みらしい。もしかしたら店番をしているときにも、売り物を眺めてこっそりしているのだろうか。

そんなことまで想像したものだから、海綿体が血流に門戸を開く。両手で隠した分身が、ムクムクと容積を増すのがわかった。

「さ、やりなさい」

母親の非情な命令に、娘が細い肩をビクッと震わせる。見た目そのままに素直そうな性格が仇《あだ》になったのか、泣きそうに顔を歪めながらも、ワンピースの裾をそろそろとたくし上げた。

（マジかよ……）

育男はゴクッとナマ唾を呑んだ。

可愛らしい膝小僧に続いて、輝かんばかりに白い太腿も徐々にあらわになる。

いいのだろうかという罪悪感と、昂ぶりが同時にこみ上げ、海綿体がますます充血した。

そして、股間に食い込む純白の下着が見えたときには、育男は完全勃起していたのである。

「ふふ。勃ったみたいね」

含み笑いの声にハッとする。ペニスにかぶせた手が浮きあがっているところを、横にいる泉美に見られていたのだ。

「さ、これならオナニーできるでしょ。いっぱいシコシコして、小百合に見せてあげなさい。そうすれば、あの子もエッチな姿を見せてくれるはずよ」

その言葉に操られるように、育男は性器を隠していた手を外した。血管を浮かせてそそり立つものがあらわになるなり、小百合が息を呑んだのがわかった。

ペニスを見ながらオナニーをするのが趣味というのは、どうやら本当らしい。彼女は顔を背けることなく、屹立に熱い眼差しを注ぐ。まばたきすらも忘れたふうに。

(ああ、見られてる)

背すじがむず痒《かゆ》くなる。かつて経験したことのない昂揚感にひたり、育男は秘茎をビクンビクンと脈打たせた。

「あん、すごい……」

洩れ聞こえたつぶやきに、恥ずかしさよりも誇らしさが上回る。育男は脚を一二〇度ぐらいに開き、反り返る肉根を握ってゆるゆるとしごいた。

「くうう」

堪えようもなく呻《うめ》いてしまう。腰の裏が気怠くなるほどの快さが生じたのだ。

（おれ、見られて感じてるのか？）

女子大生の白いパンティが見えるものの、ほんの少しだけだ。それ以上に、彼女の視線が愉悦を高めていた。

「ほら、育男君がオナニーしてるんだから、小百合もしなさい」

母親の命令に、娘がワンピースを腿の付け根までたくし上げる。室内に立ちこめる淫靡な空気に、理性を失っているかのよう。

育男が見つめる前で、小百合は怖ず怖ずと膝を離した。恥部に喰い込んで卑猥な縦ジワを刻んだ、底布部分が晒される。

（うわあ……）

男女交際経験のない童貞ゆえ、これまで女性のナマ下着を拝んだことはない。

パンチラ程度なら偶然目撃したことはあるものの、ここまでまともに見せられるのは初めてだ。

清楚な薄物にもかかわらず、やけに卑猥に映る。クロッチの中心がうっすらと黄ばんでいるのにも、生々しいエロティシズムを感じた。

(うう、いやらしい)

手の運動が、自然と速度を増す。透明な先汁が鈴口から溢れ、亀頭の丸みを伝って上下する包皮に巻き込まれた。

クチュクチュ……にちゃ——。

こぼれる粘つきを、目の前の女子大生も聞いているのだろうか。

男の自慰行為を観察しながら、小百合も手を秘部へ這わせた。縦ジワ部分に指を添え、上下にこする。

「ああン」

甘えるような声が空気を震わせ、彼女の周囲をピンク色に染めた。

(ああ、ホントにオナニーしてる……)

育男は目眩《めまい》を覚えた。ほんのおとなしい触れ方にもかかわらず、これまで目にしたどんなエロ動画よりも卑猥だったのだ。

「へえ、けっこう立派なのね」

泉美の声が聞こえる。ペニスのことを言っているのだと、すぐにわかった。

(おれのチ×ポ……そうなのか?)

百戦錬磨っぽい熟女に褒められたおかげで、男としての自信が湧く。未だ女を知らない童貞だというのに。

育男はどうだと言わんばかりに腰を前にずらし、屹立を猛然としごいた。それに煽られるように、小百合の指遣いもいやらしくなる。

「う……うう、ああ」

官能的な喘ぎをこぼし、切なげに尻をくねらせる若い娘。開脚角度が大きくなり、刺激される中心があらわに晒された。

その中心、わずかに黄ばんだところに濡れジミを発見して、育男は目を見開いた。

(濡れてる——)

童貞でも、女性が性的な昂奮や悦びを得ると性器が潤うことぐらい知っている。それこそ中学時代、神田で手に入れたエロ本から、多くのことを学んだのだ。

気のせいか、その部分から甘酸っぱい匂いが漂ってくるよう。育男はますます昂ぶり、分身を気ぜわしく摩擦した。オナニー慣れして、かなり強くしごかないとイケなくなっていたのであるが、早くも頂上が迫るのを覚える。

「気持ちいいの、小百合？」

泉美が熱っぽい口調で訊ねる。

「あ、あっ、もう」

母親の問いかけに煽られたわけではないのだろうが、小百合が切羽詰まった声を洩らす。上半身をピンと反らし、膝をワナワナと震わせた。

（え、イクのか？）

歓喜にたゆたう女子大生を見て、育男も急角度で上昇する。だが、先に果てるわけにはいかない。せめて同時にオルガスムスを迎えたいと思ったとき、

「あああ、だ、ダメぇっ！」

甲高い悲鳴をあげた小百合が、次の瞬間、がっくりと前のめりになる。あとは肩を上下させ、ハァハァと荒い息をこぼすのみとなった。

（すごい……ホントにイッたんだ）

異性が絶頂する場面を目の当たりにし、育男の頭に血が昇る。昂奮で目がくらみ、それがエクスタシーを招いた。

「おおおおおっ！」

我知らず大きな声を上げ、強ばりきった肉器官をしごきまくる。理性と忍耐がやすやすと粉砕され、目の前が真っ白になった。

「い、いく……出る」

呻くように告げるなり、熱い滾《たぎ》りが尿道を通過する。

びゅるんッ——

勢いよく放たれた白濁液が、高価に違いないテーブルの上に、淫らな模様を描く。続いて二陣三陣が、糸を引いて鈴口から飛び出した。

「うあ、ああ、はぁ……」

愉悦にまみれてペニスをしごき、育男はありったけの欲望液をしぶかせた。できれば小百合にぶっかけたかったのであるが、さすがにそこまでは届かなかった。

(すごすぎる……)

蕩けるような余韻にひたり、育男はソファーの背もたれにからだをあずけた。あとはせわしない呼吸を繰り返す。

「たくさん出たわ……」

泉美のつぶやきが、耳に遠かった。

3

小百合が出て行くと、泉美は飛び散った精液の後始末を始めた。テーブルの上をティッシュで拭い、さらに育男の脚にかかったぶんも清めてくれる。それから、白く濁った雫《しずく》を光らせる亀頭も。

「むう」

くすぐったい快さに、育男は呻いた。けれど、全身が気怠さにまみれていたために、反応はそこまで。何もしたくないほど億劫だったのだ。

（……気持ちよかった）

おそらく、これまでで最高のオナニーだったろう。だからあそこまで多量に射精したのだ。まあ、二晩続けてしなかったせいもあるかもしれないが。

漂うザーメンの青くささにも、物憂い気分が募る。ようやく倦怠感から抜け出し、背もたれにあずけていた上半身を起こしたとき、泉美が顔を覗き込んできた。

「おめでとう、合格よ」

笑顔で告げられ、きょとんとなる。いったい何のことなのか、すぐには理解できなかった。射精の快感が、まだ尾を引いていたようである。

だが、アルバイトの面接に来たことを思い出し、「はあ……そうですか」とうなずく。オルガスムスの直後ということもあり、なかなか実感が湧かなかったのだ。

「じゃあ、改めてウチが——神田オナニー商会がどういうところなのか説明するわね。たぶん、育男君はアダルトショップだと思ってるんだろうけど、それだけじゃないの。神田オナニー商会は、女性により良いオナニーライフを提供する情報機関であり、親睦団体であり、もちろんショップでもあるの。要はオナニーの総合アミューズメントってところかしら」

立て板に水でしゃべりまくる美熟女を、育男はぼんやりと眺めた。

言っていることは理解できるものの、胸にすとんと落ちてこない。どうしてなのかと考えて、彼女のことを何も知らないからだとわかった。

(泉美さんは、どうしてこんなにオナニーにこだわるんだろう?)

それがはっきりしないから、共感も何もできないのだ。仮に夫が相手をしてくれないのだとしても、これだけ魅力的であれば、男に不自由することなどないと思うのに。

「あの、えと……下牧さんは、どうしてそんなにオナニーが好きなんですか?」

思い切って訊ねると、泉美が怪訝な顔を見せる。

「え、どうしてって?」

「娘さんがいらっしゃるってことは、結婚されているんですよね? なのに、どうしてそんなにオナニーにこだわるのか、気になったもので」

「つまり、旦那とセックスすればいいのに、どうしてオナニーをするのかってこと?」

ストレートな問い返しに、育男はどぎまぎしつつ「え、ええ」とうなずいた。

「残念ながら、もう旦那とはセックスできないの。だって死んじゃったから」

あっさりと言われ、大いにまごつく。

(え、それじゃ、未亡人?)

まずいことを訊いたのかと、育男は首を縮めた。

けれど、彼女は少しも気に病んだ様子がない。それどころか涼しい顔をしている。ということは、夫はだいぶ前に亡くなっており、もう吹っ切れたのか。

「ただ、旦那が死んだからセックスできなくなったってわけじゃないの。だって、しようと思えばいくらでもできるんだもの。その辺で、適当に男を見つくろって。

だけど、わたしはもう、セックスをしなくていいの。だって、オナニーのほうがずっといいってわかったんだから」

「じゃあ、旦那さんが亡くなる前は、オナニーをしたことがなかったんですか？」

「そうよ。セックスはやりまくったけど」

あからさまな告白に、育男は泉美と目を合わせづらくなった。

「わたし、初体験は中学生のときだったの。二年生の冬だったかな。相手は部活の先輩で、卒業前に童貞も卒業したいって言うから、させてあげたの」

自分が神田でエロ本を物色したのと同じ年齢で、彼女は男を知ったというのか。おまけに、こちらは未だに童貞だというのに。

(何なんだよ、この違いは)

神様は不公平だと、呪いたい気分になる。劣等感もぶり返し、何も言いたくなくなった。

けれど、泉美はかまわず話し続ける。

「結局、その先輩とは何回かセックスしただけで別れたんだけど、そのあとは誰彼かまわずやりまくったわ。同級生とか後輩とか。先生と、学校の中でしたこともあったわよ。ま、若気の至りってやつね」

とんだビッチだなと、育男は胸の内で悪態を垂れた。

「でもね、べつにセックスが気持ちよかったからしてたわけじゃないの。むしろ、相手が感じてくれるのが楽しかったのよ。だって、どんなに真面目な子でも、ワルぶってる子でも、それから厳しい先生でも、イクときはみんな同じなんだもの。わたしにしがみついて、発情した犬みたいに腰を振って、情けない顔になって精液を出すの。そういうのがすごく可愛いなって思って、ついつい色んな男としちゃったのよ」

快感に溺れて男漁りをしたわけではないらしい。まだ幼かったのだし、肉体がそこまで成熟していなかったのだろう。

だが、男が射精する瞬間が可愛いなど、かなりマセていたことは否めない。

（そうやって男を求めたのは、寂しさの裏返しだったんじゃないのかな）

家庭環境に問題があって、実は孤独だったのだとか。もっとも、触れられたくないことかもしれないし、そこまでは詮索できなかった。

「そんな感じで、高校に入ってからもセックスはしてたんだけど、高校二年の時に旦那と会ってからは、彼ひと筋だったわ」

「旦那さんって、同じ高校だったんですか？」

「そうよ。但し、生徒じゃなくて先生だったけど。正確には講師かな。産休補助で一年だけいたの」

そこまで打ち明け、泉美は懐かしむ表情を見せた。

「でもね、講師をしていたときは、彼とセックスしなかったの。何しろ、すごく真面目なひとだったから。彼に気に入られたかったから、わたしも清純な女の子を装ったのよ。で、彼がウチの高校を辞めてから交際を始めて、セックスしたのもわたしが十八歳になってから。そのときは、もちろん処女のフリをしたわ。そして、わたしが高校を卒業すると同時に結婚して、小百合を産んだのは十九歳のときよ」

やはり若くして母親になったのか。

「じゃあ、今は——」

年齢を確認しようとして、育男は口をつぐんだ。女性にそんなことを訊くのは失礼かと思ったのである。ところが、彼女のほうはすぐに察したようで、

「三十九歳よ」

と、隠すことなく答えた。小百合は大学二年生で二十歳ぐらいなのだし、わざ

わざ質問する必要はないことに気がついたのは、しばらく経ってからであった。

「そうだったんですか。もっと若いのかと思ってました」

素直な感想を述べると、美熟女が嬉しそうに口許をほころばせる。

「うふ。ありがと」

どうやら若く見られることに自信があるようだ。だから躊躇せず、実年齢を打ち明けたのだろう。

「でも、そんなふうに見えるのは、わたしが充実したオナニーライフを送っているからなの。快感を得ることでストレスも発散できるし、お肌も綺麗になるのよ」

「つまり、セックスではそこまで感じなかったってことですか？」

訊ねると、泉美が「そうね」と答える。それから、照れくさそうに頬を緩めた。

「実を言うと、わたし、セックスではイッたことがなかったの。ぼんやり気持ちよくなる程度で。だけど、男のひとが感じるところを見られればよかったから、特に不満はなかったわ。どんな体位もＯＫだったし、フェラも喜んでしてあげたもの」

露骨な告白に、育男のほうが恥ずかしくなった。

「そのぶん、わたしがあれこれされるのは好きじゃなかったの。べつに愛撫されなくても、すぐに濡れたから。男のひとって基本的に面倒くさがりだから、女性を悦ばせることよりも、自分が射精するほうが大事でしょ。だから、わたしみたいな女は都合がよかったでしょうね」

「じゃあ、オナニーで初めてイッたんですか？」

「そうよ。ちなみに、オナニーを始めたきっかけは、小百合だったんだけどね」

「え、どういうことなんですか？」

「あれは三年、ううん四年前ね。旦那は五年前に死んだから、その翌年よ。あのね、小百合が自分の部屋でオナニーをしてたのを、わたし、偶然見ちゃったのよ」

四年前ということは、小百合は高校二年生か。その年頃なら、自慰をしても不思議ではない。

しかしながら、当の本人と会ったあとだから、胸の鼓動が高鳴る。

（そうか……小百合ちゃんは高校生のときからオナニーを――）

ついさっき見せられた、あられもなく昇りつめる場面も蘇り、股間が熱くなった。

「まあ、偶然っていうか、夜遅くまで勉強してるみたいだから、ココアを持っていったのよ。そうしたら、部屋の中からいやらしい声がしたものだから、恐る恐る覗いたの。小百合ってば、ベッドで横になって、下着の上からオマ×コをこすってたわ。さっきしたのと同じように」

卑猥な四文字まで口にされ、頭がクラクラする。このまま話を聞いていたら、エロい話に耐性ができて、何も感じなくなるのではないかと危ぶまれた。

「わたし、自分がハメをはずしていたから、ていうか、ハメてばかりいたから、娘にはそうなってほしくなかったの。まあ、男を知らないのはわかってたんだけど。だから、オナニーしてるのを見て、正直ホッとしたわ。男を連れ込んでよからぬことをするよりは、ずっとマシだもの」

自分が乱れていたから、我が子は真っ当であってほしい。親としてはごく当たり前の願いだろう。けっこう常識があるんだなと感心した育男であったが、泉美はやはり泉美であった。

「実は、小百合がオナニーをしてるんだろうっていうのは、薄々わかってたの。だって、あの子のパンツ、全部股のところがすり切れてたんだもの。いつも下着の上からこすってるから、そうなっちゃうのね。それはともかく、わたしは小百合がイクまで見てたんだけど、すごくうらやましくなったの。だって、こっちはさんざんセックスしてきたのに、女の歓びを知らずにいたわけじゃない。なのに、バージンのあの子が絶頂を知ってるなんて、不公平だもの。だから小百合がイッたあとで、わたしは部屋に入ったのよ」

「え、どうしてですか？」

「どうすれば気持ちよくなれるのか、あの子に訊きたかったから。わたし、セックスはひととおり体験したんだけど、オナニーのことは何も知らなかったのよ」

「そんな理由で……」

オナニー直後に部屋に踏み込まれた小百合の心境を慮《おもんぱか》ると、育男は気の毒でたまらなかった。おそらく、死んでしまいたいほど恥ずかしかったのではないか。

「あの子、かなりびっくりしたみたいで、泣いちゃったの。でも、オナニーするのは悪いことじゃないし、怒ってないからって慰めたら、やっと泣きやんで。そのあと、オナニーのことを根掘り葉掘り訊いたら、ちゃんと教えてくれたわ。あの子、小学校の高学年ぐらいから、オナニーをしてたみたい。イクのを知ったのは、中学生からだって言ったけど」

やはり母親譲りなのか、小百合もああ見えて早熟だったらしい。

（小学生からオナニーを!?）

それだけ好奇心旺盛だったということになる。どうりで、さっきもペニスを興味深く観察していたわけだ。

ただ、いくら好奇心があっても、男に向かわず自分で欲望を処理したのは、真面目だったという父親ゆずりかもしれない。

（ていうか、何歳からオナニーをしていたなんてことまで白状させられたのか）

さっきも、男のマスターベーションや射精に興味があるだとか、ペニスを見ながらするのが好きだとかまで暴露されていた。あれはさすがに高校生のときではなく、後になって打ち明けたのだろう。あるいは、泉美が詮索したのか。

「ま、そんなことはいいんだけど。とにかくオナニーのやり方を訊いて、わたしもそのあとでやってみたの。最初は、なかなかうまくいかなかったんだけど、コツを摑んだらちゃんと最後までできたの。初めてだったわ。頭の中が真っ白になって、全身がビクビクってなって。イクことがあんなに気持ちいいってわかったときには、生まれ変わった気分がしたもの」

育男も、オナニーを覚える前と後では、まったく異なる人生を歩んでいる気がする。熟女のその言葉には、素直に共感できた。

「あとは自分でもあれこれ調べて、それ用の器具も集めて、オナニーのことを研究したわ。そして、オナニーこそが真に女性を解放する手段だってわかったの。男やセックスに縛られることなく、自分自身で羽ばたくために必要なことなんだって。でも、女性は男ほどオナニーをしていないし、まだまだ性的に抑圧されているわ。だから、このままじゃいけないって考えて、わたしは神田オナニー商会を設立したのよ。すべての女性に、素晴らしいオナニーライフをもたらすために」

キラキラと輝く表情は、いかにも崇高な目的を抱いているふう。しかしながら、その対象がオナニーでは、万人の賛同を得ることは難しいだろう。

それに、どうも引っかかることがある。

「女性のためにっていうのであれば、名称がストレートすぎませんか?」

「名称って、神田オナニー商会のこと?」

「はい。あからさますぎて、女性が寄りつかないんじゃないかと思うんですけど」

「その程度で怯むひとは、こちらからお断りよ。わたしたちは真面目にオナニーを考えて、奨励しているの。オナニーを恥ずかしがったり、他人の目を気にしたりじゃ、仲間になることは無理だわ。そういう殻を取っ払って、わたしたちは男やセックスから解放されて、自由にならなくちゃいけないいんだもの」

すべての女性のためにと言ったのに、入り口のところで選別するのは矛盾してはいないか。思ったものの、育男は黙っていた。

「ところで、ここの経営は成り立ってるんですか?」

その点を確認したのは、あとで給料がもらえないなんてことになったら困るからだ。だが、泉美はちゃんと見抜いたらしい。

「心配しなくても、アルバイト代はちゃんと払うわよ」

言われて、育男は「あ、いえ」とうろたえた。

「まあ、正直、オナニー商会の収入だけで、わたしたち親子の生活が成り立っているわけじゃないわ。会員もまだ足りないし、ショップの収入もそんなに多くないもの。でも、このビルの家賃収入があるから、困ることはまずないわ」

「え、このビルって?」

「ここは、旦那が親から譲り受けたものなの。彼は中学や高校の講師をずっとやってたけど、もともとそんなことをしなくても生活できたのよ。で、二年前にこの階が空いたから、わたしが使うことにしたの」

そうすると、ほとんど道楽で始めたことなのか。けれど、そんなことを言ったら彼女が気を悪くするのは目に見えていたので、育男は口をつぐんでいた。

「ま、そういうわけだから、これからよろしくね」

泉美がにこやかに右手を差し出す。戸惑いつつも握手をした育男であったが、

「それで、おれはいったい何をするんですか？」

気になっていたことを訊ねた。

「それはおいおいわかるわ。とりあえず、明日からお願いね」

「え、明日から？」

「会員の集会があるの。そのお手伝い」

つまるところ、雑用係ということか。女性だけではできない力仕事とか、パソコンや電器製品の接続とか、そういうことを任されるのかもしれない。

「ただ、その前にやらなくちゃいけないことがあるわね」

「え、何ですか？」

「そっちの処理」

彼女の視線の行き先を追い、育男は頰を火照らせた。たっぷりとほとばしらせ、萎えていたはずのペニスが、いつの間にか復活していたのだ。際どい話を聞かさ

れ、昂ぶったせいだろう。

「またオナニーってのも可哀想だし、今度はわたしが出してあげるわね」

泉美が妖艶な笑みを浮かべる。そうすると手で、あるいは口で、射精に導いてくれるのか。

(いや、もしかしたら、最後までさせてくれるのかも)

童貞卒業の期待がこみ上げ、全身が熱くなる。そそり立った分身が、ビクンと脈打った。

ところが、想像もしなかったことが告げられる。

「ていうか、わたしがオナニーするんだけどね。育男君がオナニーしてるの見て、昂奮しちゃったし」

「え?」

「ソファーだとしづらいから、こっちへ来て」

育男は手を引かれて立ちあがった。応接セットの横で、ふかふかカーペットの上に寝るよう促される。

(オナニーって……つまり、セックスじゃないってことだよな)

落胆したものの、淫靡なことが待ち受けているのは事実らしい。

行儀よく天井を見あげ、横目で美しい未亡人の動向を見守っていると、彼女がタイトスカートのホックをはずした。それを床にふさっと落とし、ベージュのパンティストッキングに包まれた下半身をあらわにする。

「ああ……」

思わず声が洩れる。熟女の色香がナイロンを通して溢れ出すのが見えるほど、エロチックだったのだ。

床に寝転ぶ男の視線に、もちろん泉美は気づいていたはず。それでもためらうことなくハイヒールから爪先を抜き、パンストとパンティも脱ぎおろした。

当然ながら、目は逆立った陰毛に向けられる。濃く繁茂しているため、秘められた佇まいを観察することは不可能だったが、初めて半裸の女性を目の当たりにしたのだ。鼻息が荒ぶるほどに昂奮する。

「じゃ、するわね」

泉美が育男の腰を跨ぎ、すっとしゃがみ込む。その真下には、下腹にへばりついた肉根があった。

(やっぱりセックスするんだ！)

喜びが全身を駆け巡る。M字に割れた下肢の、密集する秘毛の奥に何やら淫靡なものが見えた気がして、ますます胸がはずんだ。

そして、美熟女の華芯が、筋張った肉胴にぴったりと密着する。

「おおお」

育男は腰を震わせて呻いた。分身のめり込む恥割れが熱く潤み、ヌルヌルしているのがわかったからだ。本人がすぐに濡れると述べたとおり、年下の男のオナニーを見物しただけで愛液を溢れさせたらしい。

「濡れてるの、わかる？」

艶っぽい眼差しを向けられ、育男は「は、はい」と答えた。女性のアソコにペニスが触れているのだと、思うだけで全身に震えが走る。

だが、泉美が腰を前後に振り出したものだから、（あれ？）となる。

「あん……オチ×チン、ゴツゴツしてて気持ちいい」

彼女は息をはずませ、濡れた秘部を肉根にこすりつける。自分が気持ちよくなるためにしているのは明らかだ。

（え、それじゃ、おれのペニスを使ってオナニーするのか？）

てっきり挿《い》れさせてくれるものと思っていた育男は、大いに落胆した。

女芯で摩擦されるのは、確かに快い。けれど、セックスを期待していたぶん、物足りなさが勝った。

何より、童貞を卒業できないとわかり、虚しさが募る。

「ね、知ってる？　こんなふうにオマ×コをこすりつけるのは、お、女の子のオナニーの初歩なのよ。机の角とか、子供の頃なら鉄棒とか登り棒とかも。指を使うのは、その行為を発展させたものに過ぎないのよ」

快感にうっとりしながら解説されても、素直に聞く気になれない。セックスできない焦れったさから腰を突きあげるようにすると、「きゃんッ」と愛らしい悲鳴があがった。

「ああ、それいいわ。もっとぉ」

リクエストに応えて、育男は同じ動作を続けた。エロ動画で見た、騎乗位で女性を責めるAV男優のごとく。

しかし、ペニスは秘苑にめり込むだけで、温かな穴に入ることはできない。四十路前の美女がいくらよがっても、自分が悦ばせている実感にはほど遠かった。なぜなら、ひとりの男としてではなく、オナニーの道具として扱われているのだから。

泉美が上半身を前に倒し、育男の脇に両手をつく。角度を変えて、より感じるところに硬い筒肉が当たるようにしたようだ。

「あ、あ、あん、感じるぅ」

クリトリスを刺激されたのか、よがり声が大きくなる。顔が近づいて、彼女のかぐわしい吐息が顔にふわっとかかった。

おかげで、冷めかけていた欲望が舞い戻る。

（ま、これはこれでいいのかも……）

これまで異性とまったく縁がなかったのに、美しい年上女性と、こうして性器をふれあわせることができたのだ。いずれは本物の彼女だってできるだろう。

（できればあの子とか——）

脳裏に浮かんだのは、泉美の娘である小百合。童貞の育男にとって、ああいう純情な女の子は好みにどんぴしゃりだ。おまけにバージンだし。また、一方でオナニー好きということだから、話が合うに違いない。

（さっきみたいに、またふたりで見せっこしたりとか……）

思い出すだけで、分身がいっそう硬化する。自慰を見せ合うだけでは、いつまで経っても童貞を卒業できないことには気がつかなかった。

「ああン、硬いの好きぃ」

美熟女が乱れた声を発する。慰み者にしている男が、娘とのあれこれを思い描いてペニスを硬くしているとは、想像すらしないようだ。

育男のほうも昂ぶったことで、性感が急角度で高まる。ヌチャヌチャと音が立つほどに己身をこすられ、鼠蹊部が甘く痺れた。

「うう、も、もう」

危ういことを伝えると、泉美が「いやぁ」と嘆く。

「も、もうちょっと頑張って……くううう、あ、あとちょっとでイケそうなのぉ」

そこまで言われては耐えるしかない。育男は歯を喰い縛り、迫り来るオルガスムスの波に抗った。

「う、う、ああ、まだよ、もう少し――」

喘ぎ交じりに告げたあと、女らしくむっちりした下半身にさざ波が走る。強ばりに当たる恥割れが、なまめかしく収縮するのがわかった。

そして、成熟したボディが歓喜に巻かれる。

「あああ、く、来る――イヤイヤ、い、イッちゃうぅううッ！」

会長室いっぱいに嬌声が響き渡る。泉美は全身をガクガクと波打たせ、悦楽の頂上へと駆け上がった。

(すごい……)

小百合の控え目な絶頂とは異なる激しいイキっぷりに、育男は圧倒された。自らも果てそうになっていたことを忘れ、美女のアクメ顔を茫然と眺める。

「あふっ――」

最後に大きな息をつき、泉美がガックリと脱力する。育男に覆いかぶさって、深い呼吸を繰り返した。

しばらくは女体の重みを受け止めていた育男であったが、秘苑からはずれた分身が疼きまくるものだから、焦れったくなってきた。

(おれはまだなのに)

射精欲求を持て余し、身をよじる。しかし、彼女が起きあがる気配はなかった。

(ああ、もう――)

苛立ちさえ覚え、育男は腰を突きあげた。だったら自分で女芯にこすりつけ、快感を得ようとしたのだ。

「うう……」

泉美がうるさそうに唸り、からだをくねくねさせる。そんなふたりの動きが、思わぬ結果を招いた。

ぬるん――。

不意にペニスが温かなものに包まれ、育男は驚いた。同時に、泉美が「あふん」と艶っぽい鼻息をこぼし、はじかれたようにからだを起こす。

「あ、あ、うそぉ」

彼女が上半身をワナワナと震わせ、肉茎にまつわりつくものがキュウッとすぼまる。そこに至って、ようやく何が起こったのかを理解した。

（おれ……泉美さんとセックスしてる！）

偶然、ペニスが膣に入ってしまったのだ。

「ど、どうしてオチ×チンを挿《い》れたのよぉ」

美熟女が身をよじってなじる。腿の付け根に重みをかけるヒップが、イヤイヤをするようにくねった。

「す、すみません。そんなつもりはなかったんですけど」

「そんなつもりはなかったって……ううう、お、奥まで挿れてるくせにぃ」

そうなったのは、彼女がからだを起こしたせいなのだ。今も離れようとせず、切なげな吐息をこぼしている。

だが、そんなことはどうでもいい。

(おれ、童貞を卒業したんだ!)

男になれた感動が胸に満ちる。柔穴に埋まった分身を、雄々しく脈打たせてしまう。

「ああん、お、オマ×コの中がムズムズするぅ」

はしたない言葉を口にして、泉美が腰を振り出した。初めは前後に、続いて、臼のごとく大きく回す。

「あ、あ、あん」

セックスでは悦びを得られなかったはずが、かなりのよがりっぷりだ。

オナニーを研究する中で、ショップに売っていたようなグッズも試したのだろう。当然バイブも膣に挿れたのであろうし、それによって膣感覚が研ぎ澄まされたのではないか。

ただ、彼女にとっては、男との結合で感じることは意外であったらしい。

「くうう、ど、どぉしてぇ」

混乱したふうに身を震わせ、息をはずませる。募る悦びに抗えず、腰が動いてしまうようだ。

そのため、育男も快楽に漂う。

（気持ちいい……これがセックスなのか）

初めて女性と交わった感激も、性感を高めてくれる。手を使わずとも悦びにひたれるのが新鮮だった。

そうやってうっとりと流れに身を委ねていたものだから、自分がどこまで上昇しているのか、まったく見極められなかったのである。

（あ、まずい）

爆発が近いことを悟ったときには、すでに後戻りができなくなっていた。

「あ、あ、出ます。いく――」

「え？」

不意を衝かれた泉美が、おそらく無意識にだろう、秘穴をキュッキュッと締める。それが引き金となり、二度目の絶頂が訪れた。

「あああ、あ、ううう っ」

腰をガクガクとはずませて呻き、激情の証しをほとばしらせる。膣奥に広がるものを感じたのか、美熟女がなまめかしく「ああーん」と喘いだ。

（ああ、すごく出てる……）

脳が蕩けるような快感にひたり、からだのあちこちをヒクヒクと痙攣させながら、育男はなかなか止まらない射精に恐れを抱いた。体内のエキスをすべて奪い取られる心地がしたのだ。

「……もうちょっとだったのに」

泉美の残念そうなつぶやきが、やけに遠くから聞こえた。

第二章　告白の行方

1

明日、会員たちの集会があると言われたものの、いったいどういうことをするのか、育男には見当がつかなかった。

「オナニーについて話すのよ」

泉美がめんどくさそうに答える。すでに身繕いは終えているのに、どこか落ち着かない様子だ。ソファーに腰掛けたヒップが、やけにモゾモゾしている。

(中に出したこと、怒ってるのかな?)

特に慌てはしなかったから、妊娠の心配はないのだろう。ただ、許可も得ずに射精してしまい、デリカシーに欠けていたのは事実。男として、女性を気遣わねばならないはずなのに。

とは言え、初体験でそこまで求められるのはつらい。それに、意図して交わったわけではないのだから。

もしかしたら、成り行きでセックスしてしまい、泉美は後悔しているのかもしれない。何しろ、オナニーを奨励する立場であるのだから。

ともあれ、

「講演会みたいなものですか?」

訊ねると、彼女は「そういうんじゃなくて」と、焦れったそうに眉をひそめた。

「日本だと、あまり一般的じゃないかもしれないけど、海外ドラマなんかによく出てくるじゃない。アルコールや麻薬やギャンブルとかの依存症のひとたちが集まって、順番に自分のことを話すやつ。それで、自分だけじゃなくて、みんな悩んでるんだってことがわかって、立ち直る上での助けや励みになるのよ」

などと説明されても、そもそも海外ドラマなど見ないのでピンとこない。ただ、誰かひとりだけが話すわけではなく、会員たちみんなが告白し合うのだと、おぼろげながら理解できた。

「つまり、オナニー依存症の会ってことですか？」

短絡的に訊き返したら、泉美に「バカ」と睨まれてしまった。

「集会は、明日の夜八時から始まるの。七時には来てちょうだい」

言われて、育男は「わかりました」と答えた。アルバイトの登録や給与の手続きに必要だから、履歴書と身分証明書を持ってくるようにと念を押されてから、神田オナニー商会をあとにしたのである。

外に出ると、日が傾きかけた神田の街には、ひとが溢れていた。仕事帰りのサラリーマンやＯＬ、それから学生たちだ。

賑わう中を歩きながら、育男はこれまでと異なる自分を感じていた。まさに生まれ変わったかのよう。

（おれはセックスしたんだ。もう童貞じゃないんだぞ！）

大声で触れ回りたいほどに、気分が高揚している。未経験ゆえの劣等感がなくなり、代わって誇りと自信が湧いていた。

何しろ初体験の相手は、あんなに魅力的な熟女なのだから。

喩《たと》えるなら、九回裏で逆転満塁ホームランをかっ飛ばした気分か。サッカーなら、ＰＫ戦の最後のひとりで見事にゴールを決めたというところ。

(これから楽しくなりそうだぞ)

アルバイトも、それから就職も、何もかもうまくいきそうな気がする。すべてに関して、育男は前向きになれた。

だから、翌日も意気揚々と、神田に赴いたのである。

集会の場所は、店舗の奥の空きスペースだった。そこにパイプ椅子を並べるように指示される。教室のように、同じ方向を向かせるのかと思えば、円形にするのだという。

「これでいいんですか?」

十数脚の椅子を並べ、泉美に確認してもらうと、

「うん、上出来だわ」

と言われる。彼女は高揚した面持ちで、やけに上機嫌だった。

(そんなに集会が楽しみなのかな?)

他に理由は思い当たらない。

「会員は、これで全部なんですか?」

育男が質問したのは、集会にしては椅子の数が少ない気がしたからだ。

「ううん、もっといるわ。全部で百人弱ってところかしら」

「え、そんなに？」

予想していたよりも多かったものだから、育男は驚いた。

「それでもまだ少ないから、頑張って増やさなくちゃいけないの。とりあえず目標は百人突破で、次は二百人ね」

「だったら、椅子が足りなくないですか？」

「そんなことないわ。あのね、会員にも嗜好の違いがあって、全員が同じじゃないの。たとえばオナニーのやり方でも、器具を使うひとがいれば、指だけっていうひともいるわ。あと、中派とクリ派とか。それに、集会に出て大勢と情報交換や交流をしたいひともいれば、そういうのは抵抗があるっていうひともいるし」

なるほどと、育男はうなずいた。十人十色とも言うし、ひとの数だけオナニーの仕方があるのかもしれない。まさに十人十エロか。

「じゃあ、今日の集会は、どういう嗜好の方々が集まるんですか？」

「特Aクラスのひとたちよ。どういう嗜好かっていうのは、まあ、話を聞けばわかると思うわ」

「え、話を聞くって？」

「もちろん、あなたも参加するのよ」

予想もしなかった要請に、育男は（いや、もちろんじゃなくて）と慌てた。

「そんなの聞いてませんよ」

「集会のお手伝いをしてちょうだいって、きのう言ったはずだけど」

「いや、お手伝いっていうから、椅子を並べればいいのかと」

この反論に、泉美が眉を吊り上げる。

「あなた、ただ椅子を並べるだけで、アルバイト料がもらえると思ってたの!?」

上機嫌だったはずが一転、怒りを含んだ声を浴びせられ、育男はしゃちほこばった。

「い、いいえ、滅相もございません」

実は、待遇に関しては、昨日のうちに話があったのである。給与は時給計算ではなく、勤務時間にかかわらず日当で定額を支払うと。それは一般的な時給換算で、十時間は働かねばならない額だった。

にもかかわらず、椅子を並べるだけで終わりでは、とても高給に見合わない。

やはり相応の仕事をしなければならないのだ。

（だけど、集会に出るのは女性ばかりなんだよな。そんな中におれが混じってても だいじょうぶなのか？）

そうすると、今日の話題は男が聞いても差し支えのない内容なのか。だったら気にすることはないさと、育男は自分に言い聞かせた。

「あ、ところで、小百合ちゃんは？」

姿が見えないと思って訊ねたところ、

「夕方には帰ったわよ。あの子は集会が苦手だから」

泉美はさらりと答えた。すでに怒りはおさまったようだ。

(いないのか……なんだ)

仲良くなりたかったのにとがっかりする。しかし、ここで働いていれば、顔を合わせる機会はこれからもあるはず。

(よし。頑張らなくっちゃ)

前のバイトみたいにクビにならないよう、今度は精一杯勤めるのだ。

七時四十分を過ぎた頃から、会員が三々五々やって来た。彼女たちを会場に通し、用意したペットボトルのお茶を渡す。

育男に対して、特に奇異の目を向ける者はいなかった。男がいるとわかっていたのか。あるいは、前の集会でも、男性アルバイトを雇ったのかもしれない。

(だったら気にする必要はないみたいだな)

ただ、値踏みするみたいにジロジロ見る会員もいて、ちょっと気になった。

メンバーが揃い、用意したパイプ椅子がすべて埋まる。育男もその中のひとつに腰掛けていた。幾ばくかの、いや、かなりの気まずさを覚えつつ。

(本当に、いろいろなひとがいるんだな……)

年齢は二十代から、三十代の前半というところか。服装はさまざまで、会社帰りのOL風もいれば、既婚者らしき落ち着きを感じさせる女性、今ふうの若者っぽいファッションの娘もいた。

彼女たちがいったいどんなことを話すのか、次第に気になってくる。ただ、全体の雰囲気は和やかで、少しも淫靡な感じがしない。オナニーの集いという感じは少しもなかった。

(やっぱり、ごく普通の話なんだろうな)

そして、八時きっかりに集会がスタートする。進行役を務めるのは泉美だ。彼女は育男の左隣に坐っていた。

「では、これから特Aクラスの集会を始めます。初めて参加される方もいらっしゃいますので、話す前に簡単な自己紹介をお願いします。あ、名前はフルネームでなくてけっこうですから」

一同がうなずく。泉美は満足げにほほ笑み、

「では、佐竹《さたけ》さんからどうぞ」

と、左隣の女性に話すよう促す。二十代半ばと思しき、OL風の女性だった。

2

こんばんは、佐竹留美と言います。

——一同、「こんばんは、佐竹さん」

わたしは、丸の内の会社に勤めています。入社三年目で、所属は庶務課。パソコンに向かって文書をこしらえる仕事が多いです。

わたしの最近のお気に入りは、オフィスでするオナニーです。もちろん、同僚や課長がいるところでします。

特にドキドキするのが、課長に叱られているときです。実は、わざと文書をミスして、叱られるように仕向けてるんですけど。

ウチの課長はすごくねちねちした性格で、お説教が長いんです。わたしは課長の斜め前に立って、俯いてじっと聞いてるんですけど、そのときに、お股をデス

クの角に押しつけるんです。

皆さん、経験があると思うんですけど、いわゆる角マンですね。わたしは小学生のときから大好きで、教室でもよくやってました。あ、そのときは、誰もいない放課後にしてましたけど。

ご存じですか？　児童生徒用の机は角が丸いので、あまり気持ちよくないんです。高さもちょっと低くて。だから、あの頃は教卓をよく使ってました。

話を戻しますけど、実は課長のデスクって、あの頃の教卓の感じとよく似てるんです。おかげですごく昂奮して、腰の動きをセーブするのにひと苦労なんです。だって、あまり派手にやっちゃうと、気づかれるから。

あ、見られる心配はありませんよ。デスクの上に本立てがあって、お股を当てるところがちょうど陰になるんです。あとはデスクを振動させないようにセーブして、腰の動きを悟られなければいいんです。

でも、さすがにイクまでは無理です。一度挑戦したことがあるんですけど、やっぱり腰づかいが激しくなって、デスクがガタつくんですよね。そのときは、貧乏揺すりのクセがあるのでって誤魔化しましたけど。

課長の前ではイケないので、自分の席に戻ってから続きをします。それは机の下でさわればいいので、ずっと楽です。

ただ、イクときにまわりに気づかれないようにするのは、かなり苦労するんです。わたし、気持ちよくなると、大きな声が出ちゃうタイプなんですよね。からだもビクンビクンって痙攣しちゃうので、抑えるのが大変なんです。

ですから、会社ではマスクを着けてイクことが多いです。顔が隠れるし、声が出そうになったら咳をして誤魔化せますから。春先は花粉症のフリをしましたし、この夏は夏風邪が治らないってことで、ずっとマスクをしてました。

そうまでして会社でオナニーをするのは、やっぱり気持ちいいからなんです。お家で、ひとりでするときよりもずっと。気づかれてるかもしれない、見られてるかもしれないって、そう考えるだけで快感が二倍にも三倍にもなるんです。

——これに、ほとんどの会員が《わかる》というふうにうなずく。

自分の席でのオナニーは、指を使います。ローターのほうが楽だし、イキやすいんですけど、音で気づかれちゃうので。

でも、通勤の電車内ではローターですね。電車の音に紛れるし、仮に聞こえたって、何の音かなんてわからないでしょうから。

電車でのオナニーは、オフィスでするずっと前からしています。実は、学生時代からなんですけど。もともと、ひとがたくさんいる中で、自分だけの世界にひたるのが好きなんでしょうね。

電車内で使うローターは、リモコンタイプです。本来は、男女のプレイ用なんでしょうけど、手元で操作できるので、単純に便利ですよ。

ただ、一度困ったことがあって、リモコンを落として、誰かに踏まれて壊れちゃったんです。それも、スイッチがオンになったままで。あのときはすごく焦りました。本体の受信部分には、スイッチがついてなかったんです。

不思議なんですけど、焦れば焦るほどイキやすくなるんですよね。男のひとは焦るとダメになるって聞きますけど、女は逆なのかなって思ったり。

ええと、それで、わたしはクリ派だったので、ローターはクリに当ててたんです。でも、それだとイキまくって、失神しちゃうかもしれないので、どうにかパンツの上からローターを動かして、膣に挿れたんです。そっちのほうなら、我慢できると思ったから。

そうしたら、中でもすごく気持ちよくなったんですよね。クリだとビビッて感じなのが、中だとズズッって響く感じで。

で、結局、電車が着くまでに五回ぐらいイッちゃって、降りるときにはもうフラフラでした。出勤途中だったので、とりあえずローターを駅のトイレではずして、パンツは会社に着いてから替えたんですけど、あそこのところがオモラシしたみたいになってて、すごかったです。

それ以来、わたしは膣でも感じるようになったんです。今はまだローターや指を挿れるぐらいですが、そのうち本格的なバイブも試したいなって思ってます。ありがとうございました。

——一同拍手。

(何なんだよ、これは)

育男はほとんど毒気を抜かれた状態で、パイプ椅子に身をあずけていた。当たり障りのない内容かと思えばとんでもない。ゴリゴリのエロ告白ではないか。

しかも、ごく普通のOLに見える女性が、恥ずかしげもなく己の自慰行為を暴露したのである。それも、オフィスや電車内など、他にひとがいる場での自己愛撫。露悪趣味もいいところだ。見つかったら、ただでは済まないというのに。

さらに驚いたのは、そのとんでもない話に、十数名の会員たちが共感の面持ちや態度を示したことである。いくらオナニー好きの仲間とはいえ、ここまで開けっ広げなのかとあきれるばかりだ。

もっとも、淫らな告白に昂奮し、ペニスは硬くなっていたのであるが。

「佐竹さんに、何か訊きたいことはありますか？」

泉美の問いかけに、ＯＬの向かい側にいた会員が手を挙げた。

「はい、どうぞ」

「あの、オフィスのご自分の席でオナニーをするときは、やっぱりポケットの底に穴を開けて、そこから指を出してアソコをいじるんですか？」

などと訊くところをみると、彼女はポケットを隠れ蓑にして秘部をまさぐっているのか。これに、佐竹というＯＬが答える。

「最初の頃はそうしていたんですけど、仕事中にポケットへ手を入れるのは不自然ですし、態度が悪いように見られるのでやめました。今は普通に、スカートをたくし上げてしています」

何が普通なのかよくわからないが、そこは突っ込まないでおく。続いて、リモコンローターの商品名を訊ねた者がいて、それで質疑応答は終わった。

「では、次の方」

泉美に促され、ＯＬの左側の女性が「はい」と返事をする。どうやら時計回りに、全員が告白する流れらしい。

こんばんは。ええと、初めまして。この集会に初めて出させていただきます、大久保《おおくぼ》といいます。

――一同、「いらっしゃい、大久保さん」

あの、ありがとうございます。わたしは、都内の中学校に勤めています。ええと、教師です。

――一同から「おお」という声。

あの、見えませんか？

――一同、笑い。

だいたい中学生とか、あと高校生もそうだと思うんですけど、特に男の子は、女の先生を馬鹿にする傾向がありますよね。それも、若い先生だと尚さらに。小説とか漫画みたいに、女の先生に好意を持つ男子生徒なんて、まずいません。まあ、よっぽどの美人なら別でしょうけど。

わたしは教師になって八年なので、決して若いとは言い難いんですけど、それでも男子生徒から馬鹿にされたり、反抗されるのなんてしょっちゅうです。おかげでストレスが溜まって、教育委員会に怒られてもいいから、生徒を叩きたくなることがあります。

ただ、さすがにクビになったら元も子もないので、やりませんが。

それが今年になって、いいストレスの発散方法を見つけました。オナニーです。

いつするのかというと、テスト監督をしているときなんです。

実は教師に反抗する生徒って、中途半端に勉強ができる子に多いんです。できない子は先生に頭が上がらないですし、本当にできる子は立場をよくわかっていて、自分に損になることはしません。

ですから、勉強ではトップになれない、他には何も取り柄がないっていう子が、教師に反抗して鬱憤晴らしをするんだと思います。

そういう子たちですから、テストのときにはけっこう必死なんです。普段の素行がよくない分、ちゃんと点数をとらないとまずいってわかってますから。

で、その子たちが必死でテストに取り組んでいるのを眺めながら、わたしはオナニーをするんです。教卓の陰でスカートをたくし上げて、大股開きで。

ウチの学校の教卓は、幕板で足元が全部隠れていますので、生徒に見られる心配はないんです。だから、前もって下着を脱いで、アソコを全開にしてすることもあります。特に悪ガキのいるクラスでオナニーをするときには。

わたし、もしかしたら性格がSっぽいのかもしれません。相手を見下すと、すごく気分がよくなって、オナニーでも感じやすくなるんです。

だから、テスト用紙とにらめっこして苦戦しているのを、こう、頑張りなさいよっていう感じで、顎をあげて眺めるんです。もう、それだけで濡れてきちゃって、クリトリスをこすると、全身に震えがきちゃうんです。

あ、誤解しないでくださいね。わたしがそういうふうに生徒を見下した態度をとるのは、テスト監督でオナニーをするときだけなんですから。彼らはテストに集中しているので、こっちが何をしているのかなんてほとんど気にしません。

でも、仮にじっと見られていても、気づかれずにイケる自信があります。もともとそうじゃなかったんですけど、教師になってからポーカーフェイスがうまくなって、すまし顔のままでイケるんです。

まあ、腰とか膝のあたりは、ビクビクッてなっちゃいますけど。

テスト監督でオナニーをするようになってから、ストレスがかなり減りました。嫌になることは相変わらず多いんですけど、うまく解消できるようになったんです。

それで、定期テストだけだと物足りなくて、たまに抜き打ちテストをしてオナニーをすることがあります。生徒たちがブーブー文句を言うほど背すじがゾクゾクして、いつもよりイキやすくなるんです。このあいだ、一時間のテストのあいだに、七回イクっていう新記録を立てました。

あと、一学期の期末テストで、ちょっと冒険してみました。教卓じゃなくて、教室の後ろでオナニーをしたんです。壁に寄りかかって、生徒たちの後ろ姿を眺めながら。

誰かが後ろを向かないとは限りませんし、さすがにスカートをめくってする勇気はなかったんです。それで、さっき、そちらの方が言われてたみたいに、スカートのポケットに穴を開けて、そこから手をいれてアソコをさわりました。ええと、パンティは前もって脱いで。

もう、すごく昂奮しましたし、気持ちよかったんです。見られるかもしれないって考えるだけでドキドキで、イッたとき、立っていられないぐらいに膝がガクガクってなりましたから。

今度はスカートをめくって挑戦したいと思います。ありがとうございました。

――一同拍手。

中学校の教師だという彼女は、なるほど、いかにも真面目そうな外見だ。髪も染めていないし、半袖のブラウスに黒のスラックスというシンプルな装いも、聖職者に相応《ふさわ》しい。

なのに、生徒がいる教室で、こっそりいやらしいことをしているなんて。

(見つかったら間違いなくクビだし、恰好のニュースネタになるぞ)

それでもせずにいられないだけの価値が、オナニーにあるというのか。こうなると、単に悦びを求めるためだけの行為ではなく、何らかの使命感に駆られているのではないかとすら思える。

最初にみんなが『おお』とどよめいたのは、彼女自身ではなく、教師という職業に対する反応だろう。ほとんどの人間が学校に通うのであり、先生は誰もが接したことのあるポピュラーな存在だ。それでいて、ある種の畏敬の念も抱かずにいられない。そういう意味では、看護師とも共通している。

と、思っていたら、次はその看護師であった。

こんばんは、皆さん。

――一同「こんばんは」

杉沢《すぎさわ》と申します。えと、総合病院の看護師をしています。でも、まだ一年目で、ほとんど見習いみたいなものなんですけど。

あたしは産婦人科病棟で勤務していて、ですからお世話をする患者さんは、みんな女性です。外来の診察にも立ち会いますし、分娩のお手伝いもします。

おかげで、もうかなりの数の女性器を見ました。本当にひとりひとり違っていて、みんな顔が違うように、アソコも違うなんてことを聞いたことがありますけど、顔以上にバラエティに富んでいるなって思います。わたしが見たのは日本人のものがほとんどなんですけど、アソコに関しては全部の人種が混じってるんじゃないかっていうぐらいに。

――一同、感心してうなずきつつも苦笑い。

ええと、べつにアソコの色が黒いとか白いとか、そういうことだけじゃないんです。毛も多い少ない、縮れている縮れていないとかありますし、ビラビラのかたちや大きさなんかも。

まあ、そういうのは、皆さんもおわかりですよね。

実はあたし、最初はそうでもなかったんですけど、女性のアソコを見ると、すごく昂奮するようになったんです。あ、レズじゃないですよ。

産婦人科に来られるのは、当然ながらみんな男性経験のある方じゃないですか。まあ、生理不順やオリモノの相談で、婦人科を受診する中高生の女の子もいますけど。

そういう子たちは別にして、あたしは女性患者さんや妊婦さんのアソコを見ると、ついエッチの——その、セックスのことを考えてしまうんです。ここにオチ×チンが入ったんだなって想像すると、アソコがすぐに濡れるんです。

たぶん、そんなことを考えるのは、あたしがまだバージンだからなんです。エッチをしたことがないから、余計にいやらしいことを考えてしまうんだと思います。

で、昂奮して濡れたら、やっぱりオナニーをしたくなるじゃないですか。初めの頃はおトイレでしてたんですけど、あるとき、患者さんや妊婦さんが坐る診察台でしてみたくなったんです。

ご経験のある方はわかると思うんですけど、ウチにあるのはリクライニングするタイプです。坐ると両脚をのせるところがあって、診察のときにはそれが左右に開いて、大股開きになるんです。

あれ、診察のためだから仕方ないんですけど、やっぱり女性は恥ずかしいと思うんですよね。アソコをバッチリ見られるわけですから。ウチの先生は女性だからまだいいんでしょうけど、男性のお医者さんだったらかなり抵抗があると思うんです。

でも、自分が同じ格好をして、アソコを見られたらって考えたら、あたし、たまらなくなっちゃったんです。

あるとき、診察時間が終わってみんないなくなったあとに、あたし、診察台にあがってみたんです。リクライニングとか脚を開くのは、先生が足元のスイッチを操作するので、前もって診察するときの状態にしておきました。それから、下着もちゃんと脱いで。

それで、実際にのった感想なんですけど、とにかく恥ずかしかったです。誰かに見られているわけでもないのに、腰の裏っ側や鳩尾《みぞおち》のあたりがムズムズして、少しも落ち着かないんです。

ただ、昂奮もすごかったんです。エッチなおツユがいっぱい垂れて、前もっておしりの下に敷いておいたタオルがビショビショになりましたから。

あたし、とても我慢できなくて、オナニーをしました。すぐにイッちゃったから、三回もしたんです。

それ以来、診察台のオナニーが病みつきになっちゃいました。

やっぱり、誰か来るかもしれない、見られるかもしれないっていうドキドキ感が、昂奮と気持ちよさを高めるみたいです。だって、アソコがまる見えなんですから。

これがクセになったら、自分が診察される立場になったときにも、診察台でオナニーするんじゃないかってちょっぴり心配してます。それはないとしても、濡れないでいる自信がありません。

だけど、そのときにはバージンじゃなくなってるはずなので、そこまでにはならないかもしれません。男のひとにも見られたことがないのに、こんないやらしい格好をしてるってことで、昂奮してる部分が大きい気がしますから。

実は、一度だけ見つかったことがあるんです。いつものように診察台でオナニーをしていたら、いきなり先生が入ってきたんです。

——一同「ええっ」と驚く。

すぐにアソコを手で隠したので、オナニーしてたことはバレなかったはずです。

でも、何をしているか訊かれて、あたしは咄嗟に、患者さんの気持ちになってみたかったんですって答えました。そうしたら先生に、『それはとても大切なことよ』って、すごく褒められたんです。

――一同、安堵の面持ち。

ただ、次また見つかったら、もう誤魔化しがきかないので、慎重にしなくちゃって思ってます。ありがとうございました。

3

次々と打ち明けられる、赤裸々な自慰生活。新米看護師の告白に続いて、バイブを挿入したまま買い物に出かけるという人妻、図書館でアソコをいじるのが好きという女子大生、男子トイレの個室に忍び込んで、男たちの声や放尿の音を聞きながらオナるのがいちばん気持ちいいというフリーター女子など、自分語りがいつ果てるともなく続いた。

それらをひたすら聞かされる育男は、ペニスを爆発しそうにふくらませていた。

(こんなの、いやらしすぎる……)

話しているのは、謂わば市井《しせい》の女性たちである。風俗的な職業に従事しているわけではない。おそらく普段は職場でも家庭でも、性的な話題などまったく口にしないのでないか。

それゆえに、やけに生々しい。オナニー以外は、特に破廉恥な単語を織り交ぜていないのに、そこらの官能小説や告白手記に負けていなかった。これもライブゆえの効果なのか。

そして、もうひとつ気がついたことがある。

(ここに来ている会員って、みんな見られることが好きなのか?)

いや、見られないようにしているものの、他に誰かいる、あるいは来る恐れがある場所で、気づかれるかもしれないという状況に昂ぶっているのは同じだ。単にスリルを求めているのではなく、見られたいという欲求が強いのではないか。だからこそ、あけすけにオナニーライフを語れるのだろう。

(特A会員っていうのは、ひと前でオナニーをしたいひとたちのことみたいだぞ)

特は「特別」の特ではなく、「特殊な趣味」の特なのかもしれない。

彼女たちは、一歩間違えば露出狂になりかねないところである。けれど、かろうじて踏みとどまっているというふう。自身の性癖がバレたら取り返しがつかないことになると、みんなわかっているのだ。

そういう危うさも、各々の語りをよりリアルなものに感じさせる。

とは言え、昂奮しているのは育男だけである。他の会員たちは同性の告白ということもあり、共感したり感心したり、あとは自分もやってみようかと、密かに企むぐらいではないのか。

そのため、みんなと同じ輪の中にいながら、疎外感を拭い去れなかった。

(ていうか、おれも何かしゃべらされるんじゃないだろうな)

時計回りの順番が、文字どおり刻一刻と近づく。どうすればいいのかと、勃起しつつ焦りを募らせていたものの、右隣に坐った女性の番が終了したところで、

「では、告白タイムは以上になります。皆さん、ありがとうございました」

泉美が挨拶し、育男は安堵した。しかし、

「では、少しお待ちくださいね」

そう言い残して倉庫に向かった彼女が、間もなくワゴンを押して現れたのを見て目を疑う。

(え、あれは——)

一流レストランで料理を運ぶのに使われそうなワゴンに載っていたのは、色とりどり種類様々な大人のオモチャだったのである。それを見るなり、会員たちのあいだに歓喜のどよめきが起こる。

(新製品の紹介でもするのかな？)

ショップの売上アップを狙うのなら、こういうときにこそ売り込むべきだろう。告白の中には、それら玩具が関係するものもあったのだ。

ところが、泉美は何ら商品の説明をすることなく、

「では、お好きなものを選んでください」

と、呼びかけたのである。

会員たちが椅子から立ちあがり、ワゴンの周囲に集まる。多種多様の性具を手に取り、操作や動き具合を確かめた。

「これ、すごくよさそうだわ」

「こっちは、モーターがすごく強力よ」

「うーん。このぐらいの大きさがベストかもね」

楽しげに批評しあう姿は、洋服やバッグを選ぶときと変わりないように見える。

中にはパイプ椅子に坐ったまま、バイブやローターを物色するメンバーを眺め

るだけの者もいる。オナニーで器具を使わないひとびとだ。告白の中でも、そんなことを話していた。

(待てよ。ということは――)

集会はまだ終わっていないことを悟ったとき、泉美が声をかける。

「よろしいですか？　選び終わったら、席にお戻りください」

各々が好みのオモチャを手にして、再び円のかたちになる。誰も彼も、ワクワクした面持ちだ。

そして、チラッ、チラッと、育男に熱い視線を送る。例外なく、やけに艶っぽい眼差しで。

「では、お待ちかねのオナニータイムです。皆さん、準備してください」

その言葉を聞くが早いか、会員たちが動く。スカートをたくし上げて下着をずりおろしたり、パンツスタイルの女性は下半身すっぽんぽんになったり、中には慌ただしく全裸になる者もいた。いつもその格好でしているからなのか。

つまり、これから一斉にオナニーを始めるということだ。

(マジかよ……)

おかげで、育男はますますその場に居づらくなった。あられもない姿の女性た

ちを、さすがに正視することができずに俯くと、

「ダメよ。ちゃんと見てあげて」

隣の泉美に声をかけられる。彼女はオナニーをしないのか、何も脱いでいなかった。

「え、でも……」

「このひとたちは、見られると昂奮するの。だから見てもらいたいのよ」

思ったとおりだったのかと納得しつつも、やはり抵抗がある。昨日、小百合と見せ合ったみたいに、一対一ならまだいいのだが。

すると、泉美が忠告を与える。

「ただ、育男君は何もしないでね」

「え、何もって？」

「どんなに昂奮しても、オナニーはしちゃダメ。ただ見るだけよ」

もちろん、これだけの女性の前で勃起を晒す度胸はない。だが、果たして耐えられるのだろうか。

（しごかなくても、出ちゃうかもしれないぞ……）

事実、オナニーのためにあられもない格好をした女性たちを前にしただけで、

分身が痛いほど脈打っている。室内に漂う、人数分のなまめかしい女くささにも、頭がクラクラするようだ。

「じゃ、始めましょう」

会長の号令がかかるなり、オナニーが始まった。

「あ、ああ」

「ううう、あ、ふぅう」

「くぅーン、か、感じるぅ」

喘ぎと呻き、嬌声が交錯する。円陣になった女性たちは、思い思いの方法で快感を求めていた。

ローターを秘部に押し当て、歓喜に身を震わせる者。ひたすら指で秘部をこすり続ける者。大胆にも、最初からバイブを抜き挿しする者等々。使われる性具も様々で、大きさも各々異なる。中でもひときわ大きく響くモーター音は電動マッサージ器――電マであった。

多くはパイプ椅子に腰掛けての大股開きだが、中には椅子に両膝をついてあがり、こちらに剝き身のヒップを向けている者もいる。ぱっくりと割れた双丘の谷間を、躊躇なく晒して。

とにかく、全員が陰部をあらわにして刺激を与え、身悶えていた。

（すごい……エロすぎる）

ひとりでもいやらしいのに、十数人もの女性たちが、同時に淫らな行為を繰り広げているのだ。これぞ自慰の祭典、オナニーの見本市、万国博覧会ならぬマンコク博覧会だ。

この集会を取り仕切る泉美は、ＭＣ（マスター・オブ・セレモニー）ならぬマスター・オブ・ベーションか。それは筒井康隆の小説にあったネタだと自らツッコミを入れつつ、育男は目の前で繰り広げられる破廉恥な集団性戯に、毒気どころか精気までも抜かれる心地がした。

実際のところは、はち切れんばかりに膨張して脈打つ分身は、早く抜いてくれとばかりに疼きまくっていたのだが。

「あ、あ、クリちゃん気持ちいい」

甲高い声をあげてすすり泣くのは、ローターで秘核を刺激する若い娘だ。スケルトンタイプの淫具は、スイッチが入ると仕込まれた発光ダイオードが様々な色で光る仕組みらしい。その光が、女芯を濡らす蜜汁に反射して、いっそう卑猥である。

その隣には、細身のバイブをせわしなく出し挿れする熟女。清楚な人妻に見えたのだが、今は「あんあん」とはしたない声をあげ、重たげなヒップでパイプ椅子を軋ませる。

こちらにナマ尻を向けているのは、会社で主任を務めているキャリアレディだ。かっちりした黒のスーツ姿だったのだが、今は下半身をすべてあらわにして快楽に溺れる。ワナワナと震えるかたち良い臀部にも、劣情を誘われた。

彼女の手に握られているのは、電池駆動か充電式かわからないものの、コードレスの電マであった。強い刺激がお好みらしい。告白のときも、休日にひとりで遊園地に行き、ジェットコースターに乗りながらリモコンバイブを操作して、昇りつめるのが趣味だと話していた。

それぞれの自己愛技を、さっきの自分語りを思い出しながら観察すると、いっそういやらしいものに映る。いつしか室内には熱気と、さらけ出された秘苑が漂わせる淫臭のミックスが立ちこめており、脳幹が痺れるようであった。

彼女たちは、例外なく目を閉じてオナニーに耽る。しかし、時おり瞼を開き、育男と目が合うと、よがり声のボリュームがあがった。やはり見られることで、昂奮と性感が高まるようだ。

（会員が増えて、こういう集会がもっと大人数になったら、どうするんだろう）

育男はふと思った。この部屋なら、三十人ぐらいまでならＯＫであろうが、それ以上となると他の場所を借りるしかあるまい。

（そのうち、ドーム球場でも借り切ってやるようになったりして）

数万人規模のオナニーとなれば、さぞや壮観であろう。もっとも、それだとひとりひとりがよく見えないから、やはりこの程度の人数がちょうどいいのかもしれない。

などと、妄想がエスカレートする。

チラッと隣の泉美を見れば、腕組みをして一同を見渡し、満足げな笑みを浮かべている。イベントの成功を心から喜んでいるふうだ。

（泉美さんは、こういうところではオナニーをしないんだな）

主催者として、一緒になって乱れるわけにはいかないと考えているのか。いや、単に露出趣味がないだけかもしれない。

ここに集う女性たちは、そこまで見られるのが好きというのなら、覗き部屋などの風俗店で働けばいいのではないだろうか。育男はふと考えた。

（そうすれば、好きなだけ見てもらえるし、お金だって稼げるんだから）

しかし、ひたむきに快感を求める彼女たちを見て、それが浅はかな考えであることに気がつく。

（いや、そういうんじゃないんだな）

見られて当たり前、見られても安心という状況では、おそらく少しも昂奮できないに違いない。仕事としてではなく、彼女たちは日常生活の中で、スリルと快感を愉しみたいのだ。

「あ、あ、イキそう」

「あああ、イッちゃう」

誰かの声が聞こえるなり、頂上へと向かう声があちこちからあがる。

「いやあ、く、来るぅ」

「ダメダメ、も、ダメなのぉ」

感極まった艶声の輪が、大きなうねりとなる。女同士、誰かが生理になるとみんなに伝染《うつ》るなんて話を、かつてエロ本で読んだことがある。あるいは、オルガスムスもそうなのか。

そして、絶頂の渦が女性たちを巻き込んだ。

「ああ、あ、イクイクイク」

「イヤイヤ、あ、ダメぇぇぇぇえっ」

「くうう、う――ふはぁあああっ！」

アクメ声がサラウンドで響き渡り、愉悦にわななく女体がパイプ椅子をギシギシと軋《きし》ませる。あとは各々の場所で脱力し、オルガスムスの余韻の中で、深い呼吸を繰り返した。

そんな中で、育男は少しも動けず、息を詰めて彼女たちを見守っていた。まさしく嵐の後という感じか。すべてのものを強風で吹き飛ばされ、何もない荒涼としたところに取り残された気分だった。

しかしながら、全員が昇りつめたわけではない。自身のペースでオナニーを続ける者もいた。

おまけに、絶頂したあとも、再び始める者がほとんどだったのである。アクメで汗ばんだのか服を脱ぐ者も多く、肌色の割合が増す。二度目のほうが、よがり声も派手であった。

それから、淫らな玩具のモーター音も高まる。それぞれがより強い刺激を欲して、スイッチを強にしたらしい。

（いつまで続くんだ、これ……？）

快楽の波が次々と打ち寄せる中、育男は茫然と成り行きを見守るしかなかった。ブリーフの裏地は、射精にも匹敵する量のカウパー腺液でじっとりと濡れ、居心地が悪かった。

4

集会が終わったときには、午後十一時を回っていた。

パイプ椅子を片付けながら、育男は何度もため息をついた。悩ましさに苛まれ、何もしなかったのに倦怠感もあったから、そうせずにいられなかったのだ。

ペニスは痛いほど勃起したままである。多量に溢れた先汁で濡れたブリーフが、雨風で飛ばされたビニールみたいに、ペニスにまつわりついていた。

片付けを終わらせ、会長室に入る。

「終わりました」

報告すると、デスクにいた泉美が顔をあげた。

「ご苦労様」

と、笑顔でねぎらってくれる。

彼女の手には、コードレスの電マがあった。それはさっきのオナニータイムで、キャリアレディが使っていたものと同じ型だった。

しかし、キャリアレディ本人が使用したものではない。あのとき使用されたオモチャは、すべて使った本人がおみやげとして持ち帰ったのだ。

「それ、どうかしたんですか?」

育男が訊ねると、泉美が首をかしげる。

「んー、ちょっとね。けっこう評判がよかったから、どんなものかと思って調べてたの」

オナニー商会の会長として、そういうグッズは気になるのだろう。仕入れの数を増やそうかと考えていたのかもしれない。

「あ、そうそう。きょうは大変だったでしょ。バイト初日から、かなりハードだったんじゃないかしら?」

「いえ、まあ……」

育男は言葉を濁した。大変といえば大変だったが、彼自身は特に労働らしいことをしていない。

ハードだったのは、会員の女性たちのほうだ。

「ああいう集会は定期的にやってるんだけど、他のグループのやつはもっとおとなしいから安心して。それこそ、準備だけ手伝ってもらうことになると思うから」

「そうなんですか……」

「ただ、育男君的には、きょうみたいなやつのほうがうれしいかもね」

ということは、他の集会では参加することも、ましてオナニーを見せつけられることもないのか。それはそれでつまらないかもと、助平根性が頭をもたげる。

「ああ、でも、集会以外の仕事もあるから、そのときはよろしくね」

「え、集会以外って？」

「早い話が、会員への個別対応ね。ま、その件はおいおいわかるから」

はっきり言ってもらわないと、余計に気になる。ところが、それ以上の質問を拒むみたいに、泉美が立ちあがった。

「それよりも、そっちの処理をしなくちゃね」

昨日と同じようなことを言われ、胸が高鳴る。彼女の視線が、みっともなく盛りあがった股間に注がれているのは、確認するまでもなかった。

「下を脱いで、ソファーに寝てちょうだい」

床でないということは、素股で自分も気持ちよくなるつもりはないらしい。昨日、そのせいでセックスする羽目になったものだから、避けたのかもしれない。

ともあれ、猛る分身をどうにかしてほしいと、育男はずっと願っていたのだ。

「わかりました」

いそいそと下半身裸になり、三人掛けのソファーに寝転がる。だが、脇に立った美熟女の手に、電マが握られたままだったものだから、育男は眉をひそめた。

（え、それを使うのか？）

訊ねる前に、泉美が膝をつく。反り返って下腹にへばりつく陽根を握られ、快さの波がからだの中心をずうんと伝った。

「くはっ」

たまらず喘ぎの固まりを吐き出す。焦らされまくった牡器官は早くも限界を迎え、ビクンビクンと雄々しく脈打った。おそらく、三回もしごかれたら、香り高い精汁を噴きあげたことだろう。

ところが、彼女は握り手を動かさなかった。代わりに、もう一方の手に持った電マの頭部を、亀頭に近づける。

「ちょっと試させてね」

スイッチが入り、丸い頭が振動する。そこが敏感な包皮の継ぎ目部分に押し当てられた。

「あああああぁッ！」

育男は大きな声をほとばしらせ、体軀《たいく》をガクンガクンと波打たせた。強烈な快美電流が、全神経を容赦なく支配したのである。

「で、出る」

ほんの二秒も持たず、愉悦のトロミが尿道を駆け抜ける。

びゅっ、びゅるんッ、ドクン――。

放たれた白濁液は、重みがあったためかそれほど飛ばなかった。下腹に落下し、さらに溢れたぶんは肉棹にドロリと滴った。

ただ、かなりの量だったのは間違いない。

（ああ、出ちゃった……）

早々に果てたことを恥じる余裕もないほど、爆発的なオルガスムスであった。

「すごいわ。こんなにいっぱい」

驚きの声をあげた泉美は、電マをペニスから離さなかった。おかげで、頭がおかしくなりそうな快感が長く続き、息が荒ぶる。

「く——くはっ、はぁ……」

絶頂の余韻が引かず、全身のあちこちがビクッと痙攣する。振動を与えられる亀頭が、くすぐったさと紙一重の悦びにまみれ、育男は涙を滲ませて身悶えた。

「も、もうやめてください」

切なる訴えに、電マのスイッチが切られる。ようやくひと心地がついたあとも、からだの痙攣はなかなかおさまらなかった。

「いっぱい出た……すごくドロドロしてるわ」

熟女の悩ましげなつぶやきに、気怠さにまみれつつ頭をもたげる。屹立の根元には、いくつもの液溜まりができていた。

そして、濃厚な青くささが漂ってくる。

(ああ、こんなに……)

濃いものが多量に出たためか、虚脱感が著しい。おまけに、溜まりきったものを解放したのに、すっきりすることはなかった。

なぜなら、ペニスは力強くそそり立ったままであったのだ。

射精後も電マで刺激されたためなのか。あるいは、昂奮状態が長かったため、一度出したぐらいでは満足できないのか。

ともあれ、最大限の硬さをキープする肉棒に、泉美も驚いたようである。

「すごいわ。全然小さくならない」

ミニトマトみたいに赤く張り詰めた亀頭に、濡れた眼差しを注ぐ。筒肉に絡めた指に、キュッキュッと強弱をつけた。

「くぉおお」

育男はのけ反り、太腿を攣《つ》りそうにわななかせた。

射精後も勃起を保ち続けたことは、過去にもあった。だが、しごくと鈍い痛みが生じたため、無理にオナニーを続けることはなかったのだ。

ところが、今は少しも痛くない。それどころか、秘茎はもっと出したいと疼きまくっている。

「こんなに元気。やっぱり若いからなのね」

泉美がため息交じりに言う。若いせいばかりじゃないと思ったものの、育男は黙っていた。いや、快感で脳が痺れ、答えられなかったのだ。

「もう一度出したほうがいいみたいね」

つぶやいて、けれど彼女は電マを手にしなかった。代わりに、いきり立つモノを口に含んだのである。

「むふふぅ」

育男は鼻息を荒ぶらせ、両足でソファーを引っ掻いた。突然のことに、軽いパニックに陥る。

(泉美さんがおれのを——)

目の奥に快美の火花が散るのを感じつつ、初めての口淫奉仕に酔いしれる。

セックスを経験した後でも、特別な行為であることに違いはない。

(これがフェラチオなのか!)

どんな感じなのか想像し、憧れるしかなかった愛撫を、童貞を卒業した翌日に体験できるなんて。幸運の波が、一気に押し寄せているのだろうか。

生きもののごとく蠢く舌が、敏感なくびれにまつわりつく。チュッと強く吸われ、睾丸にとどまっている精子を吸い出される心地がした。

(うう、気持ちいい)

背すじがムズムズして、じっとしていられない。育男は両膝をすり合わせ、足指を握り込んだ。気を逸らさないと、またすぐに昇りつめてしまいそうだ。

射精の残滓《ざんし》がこびりついていたのも厭わず、泉美は肉棒を丁寧にしゃぶった。

さらに、根元や下腹にも舌を這わせたから。滴ったぶんも綺麗にしてくれているらしい。

（ああ、そんなことまで……）

罪悪感を覚えつつ、育男は天井を見あげたまま、うっとりする歓喜に漂った。

「ふう……」

いったん口を外した泉美が、ため息をつく。頭をもたげて確認すると、性器まわりは唾液の跡が残っているだけで、すっかり綺麗になっていた。

（泉美さん、おれのを飲んだのか？）

どこかに吐き出した様子はない。牡の粘っこい体液を、すべて喉に落としたのだろうか。

申し訳なくてたまらない。一方的に奉仕されるだけでいいのかと思ったとき、彼女が首をかしげた。

「このままお口で出させてあげようか？」

その問いかけに、育男は反射的に口を開いた。

「おれにもさせてください」

「え、何を？」

「おれも泉美さんを気持ちよくしてあげたいんです」

童貞を卒業したばかりで何を偉そうにと、思わないではなかった。けれど、それが素直な気持ちだったのだ。

「わ、わたしはいいわよ」

美熟女が頬を赤らめ、うろたえる素振りを見せる。年下の男が何をするつもりでいるのか察したのだろう。

「だけど、おれだけがされるのは悪いですから」

「これは、雇い主として当然のことをしているまでなの。従業員の面倒を見るのも、わたしの役目なんだから」

苦しい言い訳であると、彼女もわかっているのではないか。なぜなら、目が落ち着かなく泳いでいたから。

それに、単なる義務感でペニスを愛撫しているとも思えなかった。猛るその部分を見つめる目には淫蕩な光が宿り、握り具合にも慈しみが込められていると感じる。

何より、ソファーの脇でしゃがみ込んだ艶腰が、物欲しげに揺れているのだ。

夫亡き後、オナニーで女の歓びに目覚めたとのことだが、男への興味を完全に失ったわけではなさそうだ。あるいは、昨日の偶発的なセックスで、体内に燻《くすぶ》っていたものに火が点いたとか。

とにかく、心から拒絶しているのではないと、育男は悟った。

「お願いです。是非やらせてください。おれ、ここで一所懸命働きたいんです。女性のことをもっともっと勉強しなくちゃいけないし、そのためにも泉美さんを感じさせたいんです」

誠意を込めてお願いすることで、泉美はとうとう折れた。

「わかったわよ……」

渋々というふうに申し出を受け入れる。

「それで、どうすればいいの？」

「下を脱いで、おれの上に乗ってくれませんか。ええと、反対の向きになって」

シックスナインの体勢を求めると、彼女は眉根を寄せた。

「そんな格好でするの？」

秘部を愛撫されることを好まなかったというから、互いに舐め合うこともなかったのではないか。ただ、経験がなかったからこそ、興味が湧いた部分もあったようである。

中腰になってスカートとインナーを脱いだ熟女が、ソファーに乗ってくる。育男に背中を見せて胸を跨ぎ、たわわなヒップを突き出した。

（おおお）

育男は心の中で感嘆の声をあげた。

色白で、お肉たっぷりという趣《おもむき》の熟れ尻は、肌もツヤツヤして綺麗である。丸みの下側の肌が心持ちくすんでいるのと、パンティの痕が赤く残っているのを除けば、真新しいゴムボールという感じだ。

しかし、ただ綺麗なだけではない。ぱっくりと割れた深い谷は、腿に近いところから縮れ毛をはみ出させている。もともと濃いのに加え、独り身になってからはお手入れなどしていないのではないか。

「もっとおしりをこっちに――」

エロチックな光景に劣情を沸き立たせつつお願いすると、

「ったく、いやらしい子ね」

彼女はブツブツこぼしながらも豊臀を差し出し、上半身を前に倒した。そそり立ったままの分身に、温かな息がかかったから、かなり顔を近づけているようだ。

育男のほうも、秘められたところにかなり接近していた。臀裂の底がさらけ出され、短めの毛に囲まれたアヌスを捉える。もっと秘めやかな恥苑部分も、繁茂する叢《くさむら》の中に、濡れ光る肉色のものが見えた。

そして、ぬくめたチーズに汗をまぶしたみたいな、いささかケモノっぽい秘臭がむせ返るほどに漂う。

（これが泉美さんの――）

想像した以上に露骨で生々しい。これが洗っていない女性器の匂いなのかと、怯む気持ちもあった。

にもかかわらず、淫靡な眺め以上に、漂う媚薫に心惹かれる。修正なしの女性器なら、ネットでいくらでも見ることができたが、匂いは知る由もなかったからなのか。

単純に香りの成分で判定すれば、決して良いものではなかったろう。にもかかわらず、ずっと嗅いでいたいと思わせられる。

それどころか、この素敵なおしりと密着して、女陰にひそむものを余すことなく嗅ぎまわりたかった。

「あ、ねえ。わたしのそこ、匂わない？」

不意に泉美が不安げな声で訊ねる。自らの中心が、正直すぎる淫臭を放っていることに気がついたらしい。艶腰も浮きあがる気配を見せた。

そうはさせじと、育男はもっちりヒップにしがみつき、ぐいと引き寄せた。

「きゃんッ」

バランスを崩した熟女が、浮かせかけた臀部を降下させる。その先には、男の顔が待ち構えていた。

「むうう」

柔らかな重みで顔面を潰され、育男は反射的に抗った。しかし、濃密な女陰臭が鼻奥にまで流れ込み、うっとりして動きが止まる。

（ああ、すごい）

酸味を増したフレグランスは、胸をざわめかせる悩ましさも強い。嗅いでいるだけで気が遠くなりそうだ。

「も、もう、バカ」

四十路間近の熟女が、恥ずかしがって腰をくねらせる。離れようとしたらしいが、ソファーのクッションが利きすぎて、思うように力が入らないらしい。

それをいいことに、育男は唇で陰毛をかき分け、湿地帯に舌を差し入れた。

「きゃふン」

甘えた声を洩らした泉美が、恥割れをキュッとすぼめる。そこから温かな蜜汁がトロリと溢れた。

（え、もう？）

ひと舐めされただけで濡れたのかと思えば、その前から中に溜まっていた分らしい。愛撫されずとも濡れる体質なのだ。牡を射精に導き、ペニスをしゃぶったことで昂ぶったのであろう。

いや、かなり蒸れた感があるから、会員たちの告白やオナニーショーで、子宮を疼かせていたのではないか。

「だ、ダメよ、そんなとこ舐めちゃ。洗ってないんだからぁ」

今さら言われても手遅れだ。というより、洗ってないからいいのである。

ほんのりしょっぱい女芯を、育男は遠慮なく味わった。

ピチャピチャ……ぢゅぢゅッ——。

淫らなすすり音が立つと、泉美が「いやぁ」と嘆く。なまめかしく収縮する恥裂が、不埒な舌を挟み込むようにすぼまった。

（ああ、美味しい）

美しい熟女がこぼす淫蜜で喉を潤し、蒸れたパフュームにうっとりする。伸び放題の秘毛が鼻の穴に入り、くしゃみが出そうになるのを堪えつつ、育男は初めてのクンニリングスに精を出した。

（ええと、このあたりだよな）

敏感な突起──クリトリスが隠れているはずのところを狙い、舌を律動させる。

すると、もっちりヒップが痙攣し、丸みに筋肉の浅いへこみをこしらえた。

「イヤイヤ、そこ、弱いのぉ」

弱点であることを自ら吐露し、泉美は思い出したように屹立にしがみついた。

「むふぅ」

快さがぶり返し、鼻息がこぼれる。それは尻割れの内側を温かく蒸らし、こもる匂いが淫らさを増した。

そのとき育男は、究極のプライベートを嗅いだ気がした。

（え、これは……？）

どこか親しみのある発酵臭。彼の鼻はヒクヒクと収縮する秘肛に当たっていたから、間違いなくそこからこぼれるものなのだ。

毛がかなり生えているため、用を足したあとの痕跡がこびりついていたのか。それとも、密かに洩らしたガスの残り香なのか。どちらにせよ、美熟女にとっては決して暴かれたくないものに違いない。

それゆえに、総身が震えるほどに昂奮する。

「あん、また硬くなった」

泉美が悩ましげにヒップをくねらせる。自身のアナル臭が牡を昂ぶらせているとは、気がついていないのだろう。

秘茎に巻きついた指が、脈打つ牡器官をたしなめるみたいに上下する。さらに、唾液をたっぷりとまといつかせた舌が、張り詰めた粘膜に這わされた。

「ううう」

育男は呻き、尻の穴を幾度も引き絞った。目のくらむ快感に翻弄され、華芯をねぶる舌づかいがおろそかになる。

それを好機と捉えたのか、ペニスが濡れ温かな口内に迎えられた。

ちゅっッ……チュパっ——。

吸いたてられる分身が、蕩ける快感にひたる。陰嚢がキュウッと持ち上がり、そこをしなやかな指が優しく揉み撫でた。

(うわ、まずい)

急速にこみ上げるものを感じ、育男は焦った。このまま果ててしまったら、気持ちよくしてあげたいからとクンニリングスを始めた意味がない。

負けてはいられないと、クリトリスを探って責める。舌先ではじくようにすると、尻割れがキツく閉じて鼻面を挟み込んだ。

「んふッ、くううう」

こぼれる鼻息が玉袋にかかる。かなり感じている様子である。狙いは間違っていなかった。

舌の動きをいっそう激しくすると、ペニスをしゃぶる舌づかいが覚束《おぼつか》なくなる。経験豊富な熟女に負けていないとわかり、ますます秘核ねぶりに熱が入った。

「ぷはッ」

泉美がとうとう肉根を吐き出す。「イヤイヤ」と切なげによがり、豊臀を左右に振り立てた。

それでも育男は尻を逃さず、懸命にしがみつく。もっちりお肉を割り広げ、鼻の頭でアヌスを刺激しながら、育男はぷっくりと大きくなった肉芽を吸いたてた。

「ダメダメ、そんなにしたら……あああ、お、おかしくなるぅ」

いよいよ高みへ至るのだとわかり、全身が熱くなる。

(よし、もうすぐだ)

美熟女の絶頂場面は、昨日も目撃している。けれどあれは、女芯をペニスにこすりつける素股によるものだ。育男は寝転んでいただけであり、謂わば彼女が勝手に昇りつめたのである。

けれど、今はそれと状況が異なる。こちらが能動的に責めているのだ。これで泉美をイカせることができたら、童貞喪失に匹敵する、いや、もしかしたらそれ以上の自信を得ることができるだろう。

本物の男になるべく、一心に舌を律動させていると、ハッハッと呼吸をはずませていた女体が大きくうねりだした。

「ああ、あ、もう——」

屹立を両手で摑み、泉美が喘ぐ。握力の強さに爆発しそうになったものの、どうにか堪えて肉芽を吸いたてた。

間もなく、

「あ、あ、イヤ、あっ……イクイクイクイク、いっくぅうううッ!」

絶頂の声を張りあげて、熟れボディが歓喜に躍った。

「うはッ、はっ、あああ」

太腿や尻を、電撃でも浴びたみたいにわななかせた泉美は、恥芯から甘い蜜をたっぷりとこぼして果てた。育男に体重をあずけ、ゼイゼイと喉を鳴らす。吹きこぼれる温かな息が、牡の鼠蹊部を蒸らした。

(おれ、泉美さんをイカせたんだ!)

胸に自信が満ちる。これで本当に一人前の男になったのだ。

目の前で淫らに収縮する秘華は唾液と愛液に濡れ、濃い叢がべっとりと張りついている。卑猥な光景にも充実感を募らせ、育男は猛る分身を力強く反り返らせた。

5

「まったく、イクまで舐めてなんてお願いしてないじゃない。調子に乗りすぎよ」

育男から離れた泉美は、気怠げに肩を上下させながらも、眉をひそめてなじった。頬が紅潮し、目も潤んでいたから、まだ快感の余韻が燻っているのではないか。

「すみません」

育男は殊勝に謝った。べつに悪いことをしたつもりはなかったが、それで彼女の気が済むのならかまわないと思ったのだ。

もっとも、泉美は本気で怒っているふうではなかった。単なる照れ隠しだったのかもしれない。事実、それ以上咎めることをせず、気まずげに視線を逸らした。

ただ、床にぺたりと坐り込んだ彼女は、物欲しげに腰を揺らしている。まるで、一度イッただけでは満足できないというふうに。

そして、再び育男を見ると、

「……わたし、オナニーはいつも三回ぐらいするのよ」

思わせぶりに目を細めた。

「え、そんなに?」

「セックスでは、ずっとイケなかったんだもの。一度だけで足りると思う?」

ピンク色の舌が唇を舐める。育男は反り返ったままのペニスを、さらに硬化させた。

(でも、ここでオナニーを始めるわけじゃないんだよな)

昨日のように、また素股をするつもりなのか。そんな想像を見抜いたかのように、泉美が顎をしゃくる。

「さ、床に寝てちょうだい」

やはりそうなのだ。だとすれば、交わるチャンスもあるかもしれない。

（いや、さすがに警戒されるか）

期待半分、諦め半分で指示に従う。昨日と同じ場所で仰向けになると、下半身裸の美熟女が腰を跨いできた。

「じゃ、するわよ」

簡潔に告げ、泉美が腰を落とす。だが、股間を密着させる前に筒肉を握り、下腹に張りついていたものを上向きにしたのである。

「え!?」

驚いて彼女を見あげると、艶っぽい笑みを向けられる。

「わたし、二回目はバイブでするって決めてるの。でも、用意してないから、オチ×チンを借りるわね」

亀頭が恥割れに触れる。そこは温かな蜜をこぼし、男と女の粘膜同士がヌルヌルとこすれあった。

（ああ、熱い）

育男は不意に理解した。バイブ云々はただの口実で、泉美はペニスそのものがほしくなっているのだと。

オナニーを啓蒙するために神田オナニー商会を立ち上げたはずが、会長自らがセックスを求めていいのだろうか。たしかに昨日も、結果的に肉体を繋げてしまったものの、あれはあくまでも事故だったのである。

なのに、今は自ら本番行為に至ろうとしている。

とは言え、育男に止めようという意志はなかった。なぜなら、二日続けて美女とセックスができるのだから。

「あん、こんなに硬くしちゃって」

悩ましげにつぶやいた泉美が、唇を固く結ぶ。決心を固めるように長く息を吐くと、上半身をすっと下げた。

ぬるん——。

強ばりがあっ気なく蜜窟に侵入する。

「あああッ」

のけ反った熟女が、甲高いよがり声をほとばしらせた。

(ああ、入った)

濡れ温かな狭穴が、分身を包み込む。かすかに蠢く柔ヒダが、敏感なくびれに戯れかかった。

二度目のセックスでも、感動は一度目に匹敵するほど大きかった。偶然果たされた結合ではなく、明確な意志を持って行われた交わりだからだ。

何より、分身にまといつくものの感触を、しっかりと味わえる。

「ん……ふう」

ひと息ついた泉美が、からだを上下にはずませだす。迎え入れた牡器官を、キュウキュウと締め上げながら。

ぬ——クチュ……。

結合部が卑猥な濡れ音をこぼし、こすられる秘茎が快さにひたる。

（気持ちいい……）

これがセックスなのだと、改めて実感する。女性の中はなんて心地よいのか。このまま一生繋がっていたいとも思った。

しかし、そんなことができるはずがない。

（あ、まずい）

育男は焦った。彼女のフェラチオで限界近くまで高められた分身が、またも危うくなったのだ。どうにか堪えようとしたものの、膣の締めつけが強まったことで、忍耐が粉砕される。

「だ、駄目です。もう――」

切羽詰まって告げると、泉美が眉根を寄せる。《いいところなのに》と言いたげな、不満をあからさまにした顔つきだ。

「もうイッちゃいそうなの？」

「はい……あ、ホントにヤバいです」

そのやりとりのあいだも、彼女は腰を振り続けていた。今さら止めることなどできないらしい。

「だったら、出していいわ」

「え、いいんですか？」

「その代わり、さっきみたいに出したあとも硬いままにしておいてね」

そんなことが保証できるはずがなく、育男は困って顔をしかめた。ところが、泉美はそれが確定済みだと言わんばかりに、膣穴で屹立を摩擦し続ける。

「ああ、あ、ホントに出ます」

全身に蕩ける悦びが行き渡る。もはや抵抗するすべもなく、育男は二度目の精を彼女の中にドクドクと放った。

「くはっ、はッ、ああ……」

息が荒ぶる。甘美な震えが手足の先まで行き渡り、目がくらんだ。

育男が果てたことを、泉美は察したはずである。ところが、休みなく腰を動かし続ける。くいっ、くいっと、若干のひねりを加えて。

そのため、射精直後の陽根が媚肉にこすられ、くすぐったい快さにひたる。

「ああ、あ、や、やめ……」

育男は泣き言を口にして身悶えた。頭の中に火花が散り、すべての神経が快感に犯される。呼吸が乱れ、どうにかなってしまいそうだ。

「気持ちいいでしょ?」

美熟女が妖艶な笑みを浮かべる。男の扱いに慣れた彼女は、イッたあとの肉器官を刺激し続けることが、苦痛と紙一重の愉悦をもたらすとわかっているのだ。

もっとも、そのおかげで海綿体が充血を解除できなかったのも事実。

「素敵。まだこんなに硬いわ」

泉美がうっとりした面持ちを見せる。牡の逞しさを確認するみたいに、秘穴でキュッキュッと締めつけた。

「うう……」

育男が呻いたのは、分身に鈍い痛みが生じたからだ。さすがに二回も出したあとだから、そこが悲鳴をあげているようである。

けれど、彼女は容赦なく快楽を求め続ける。結合部がグチュグチュと淫らな音をこぼすのもかまわずに。

「あ、あ、あん、感じる」

はしたなくよがる未亡人を見あげ、育男は歓喜に漂いつつも、戸惑いを拭い去れなかった。

(いいのか、本当に……?)

泉美はバイブの代わりにペニスを使うと言ったものの、明らかにセックスを愉しんでいる。オナニーが最高と豪語していたはずが、早くも心変わりをしたというのか。

しかし、彼女はこれもオナニーのつもりらしかった。

額に汗を光らせて、騎乗位に励んでいた泉美が、動きを止めてふうと息をつく。

「疲れちゃった」

つぶやいて、そろそろと腰を浮かせる。女芯から肉根がはずれたのに続き、泡立った白濁液がドロリとこぼれ落ちた。

絶頂していないはずだが、もう満足したのか。訝る育男を尻目に、彼女は隣にころんと寝転がった。両膝を抱え、羞恥帯を全開にしたポーズで。

「ね、挿れて」

年下の男に艶っぽい流し目を送る。

「え？」

「あなたのバイブチ×ポ、オマ×コに挿れてかき回してちょうだい」

育男のモノは、あくまでも性のオモチャに過ぎないらしい。まあ、立場上男女の営みに溺れることはできないので、ただの言い逃れかもしれないが。

（セックスしたいのなら、素直にそう言えばいいのに……）

もっとも、オナニー商会の会長である以前に、年下の男に弱みを見せたくない部分もあろう。それに、たまたまペニスを挿れられて主義主張を転換したのでは、プライドが保てまい。

育男は身を起こし、彼女に覆いかぶさった。今度はセックスでもイカせてやると、胸の内で鼻息を荒くしながら。

「ここよ」

泉美が強ばりを握って導く。ほんの少しも待てないというふうに、顔を上気させていた。

「挿れます」

声をかけ、腰を沈める。

ぢゅぷり――。

剛直を侵入させた脇から、粘液が押し出される感覚があった。中出しされたザーメンの残りか。それとも、期待で溢れた愛液なのか。

「おおお」

彼女が首を反らし、低い喘ぎをこぼす。内部がどよめいているのが、育男にもわかった。

それに、騎乗位よりもペニスが奥まで届いている感じがする。

「ね、動いて」

焦れったげにピストンを求めた泉美が、掲げた両脚を牡腰に絡みつけた。自らのほうに抱え寄せ、ヒップをくねらせる。

「わ、わかりました」

育男はそろそろと腰を引き、抜けた分身を再び戻した。

「くぅうーン」

切なげな声が間近に聞こえ、胸が高鳴る。

正常位は、腰に跨がられるよりもセックスをしている実感が強い。自ら動くことで、女体を征服している気になるからだろう。

しかし、初めてだから動きは覚束ない。膝も曲げたほうがいいのか、のばしたほうがいいのかと、試行錯誤しながら尻をひこひこと上下させる。

そんな拙いピストン運動でも、彼女はちゃんと感じてくれた。

「ああ、ああ、いい……中がムズムズするぅ」

あられもないことを口にして、息をはずませる。顔にふわっとかかるそれは、かぐわしくも生々しい。男女の営みがリアルに実感され、劣情が高まった。

（ああ、おれ、セックスしてるんだ）

いつしかリズミカルになった抽送で、蜜穴を抉り続ける。腰を勢いよくぶつけると、衝突する股間がパツパツと湿った音を立てた。

「あ、あ、いいわ。もっとぉ」

貪欲に悦びを求める熟女は、下半身のみを晒している。それは育男も同じなのだが、いかにも欲望にまみれて交わっているふうで、ますます昂ぶってくる。

それでも、今度は泉美をイカせるべく、理性を残して女体を責め苛んでいると、

「あうう、い、イキそう」

彼女が呻くように終末を予告する。

（よし、もう少しだ）

自身に鞭を入れ、競走馬さながらに直線コースをひた走る。当然ながら育男も上昇し、どちらが先にゴールするのか、勝敗はハナ差で決すると思われた。

もちろん、勝者は牝馬でなくてはならない。

「あうう、い、イク、イクイク、も、ダメぇぇえええっ！」

絶頂の高らかな叫びを耳にするなり、育男もゴールのロープを切った。

「うあ、あ、出る」

腰をぎくしゃくと振り立て、快美に酔って牡のエキスを放つ。わななく女体の、最も深いところへと。

「ああーん」

ひと声啼《な》いて、泉美が脱力する。育男もぐったりして彼女に身を委ね、ふたりはそのまますいぶん長く、悦楽の余韻にひたっていた。

第三章　魅惑のアロママラ

1

出張の仕事を頼みたいと泉美に言われ、育男は戸惑った。

「え、出張？」

疑問を覚えたのも当然で、これまで命じられたことと言えば、初日の集会参加を除外すれば、倉庫の品出しや陳列、遠方の会員から注文された商品の発送業務、会報作成の手伝いなど、ほとんど雑用じみたことばかりだったからだ。まあ、出勤したときには最低でも六時間以上拘束されたから、報酬のわりに仕事が楽とは思わなかったけれど。

ともあれ、出張なんて言われても、どこで何をするのかさっぱり見当がつかなかったのだ。

「実は、育男君を雇った最大の理由は、この仕事のためだったのよ。会員からの要望が多いし、これぱっかりはわたしじゃ対処できないから、男性アルバイトを募集することにしたの」

つまり、これまでの仕事は文字どおり雑用で、いよいよメインの業務に当たるということなのか。

「それで、どこへ行けばいいんですか？」

「会員に指定された場所よ。今回はご本人の自宅みたいね」

「ええと、そこで何をするんですか？」

「それはわたしも聞いてないの。行ってから確認してちょうだい。で、何を求められても、絶対に断っちゃダメよ」

拒絶不能の任務とは、いったいどんなものなのか。さすがに躊躇する育男であったが、不安を抱いたことを泉美はすぐに察したらしい。

「ああ、心配しなくても、犯罪に協力するわけじゃないわ。あと、育男君が傷つけられたり、命に関わることもないから」

だからと言って、安心できるはずがない。

「その、具体的な仕事内容は先方に伺うとして、どういう種類の業務かぐらい、教えていただけませんでしょうか」

「そんなこと、訊くまでもないじゃない。ここはオナニー商会なのよ」

「え？　いや、だから――」

「オナペットになるに決まってるでしょ」

理解し難い断言に、育男はきっちり五秒は固まった。


依頼者の住まいは池袋とのこと。ここからだと、御茶ノ水に出て丸ノ内線に乗るか、新宿線から副都心線に乗り換えるか、東西線と有楽町線を使うか、ルートはいくつか考えられる。どれも徒歩のぶんを含めて、所要時間は四十分前後であろう。

ところが、その前に品川まで行って、用を足してほしいと泉美に頼まれた。育男も名前を知っていた一流ホテルの名前を挙げ、

「そこのギフトショップで、テディベアとチョコレートがセットになったギフトを買って、お土産に持っていってほしいの。出張依頼の会員へのサービスなんだ

けど、なかなか好評なのよ」
と、用件を説明する。やはり女性相手だから、そういう気遣いが好まれるのか。
ただ、品川は池袋と逆方向である。他の場所では買えないのか訊ねたところ、
そこにしかないと言われた。
「先方の希望は午後七時なの。今は四時だから、余裕を見て五時ぐらいに出れば
いいんじゃない？」
「そうですね……わかりました」
とりあえず品出しと陳列を手伝ってから、育男は泉美に言われた時刻に出発し
た。
あいにく、夕方のラッシュの時間帯である。電車はかなり混んでおり、坐るこ
ともままならない。買い物や乗り換えの移動中でも人波にもまれた。
おまけに、九月になったのにまだ暑い。かなりの汗をかいてしまった。
（こんな汗くさい男が女性のところにお邪魔して、だいじょうぶなのかな？）
いざとなったらシャワーを借りるしかない。けれど、そんなことは大した問題
ではないのだ。
（オナペットって、どうすればいいんだよ……）

気になるのはそれである。具体的なことを何ひとつ聞かされていないから、不安で仕方なかった。

要はオナニーの手助けをするということなのか。しかし、もともと独りでする行為なのである。他人が手を出したら、その時点でオナニーではなくなるのだ。となれば、裸を見せてオナニーのオカズになるぐらいのことしか思い浮かばない。

(写真や映像だと満足できなくて、ナマ身の男の裸が見たいんだとか)

その場合、からだの隅々まで観察されることになるかもしれない。それこそ、エレクト状態の分身も。

そして、育男も彼女のオナニーを見ることになるわけだ。もっとも、それで昂奮させられても、指示されない限り何もできない。

小百合としたときのように、相互オナニーを求められれば、こちらも気持ちよく射精できる。だが、そうなるとは限らない。最悪、勃起を晒すだけで終わり、追い払われる可能性だってあるのだ。

とにかく、どのような展開になろうとも先方が望むようにしなさいと、泉美には念を押された。

(泉美さんがしたみたいに、おれのチ×ポにアソコをこすりつけてくれればいいんだけどな)

それならお互いに気持ちよくなれるから、一石二鳥である。けれど、その場合だって、絶対に射精しないよう命令される可能性があるのだ。ナマ殺しの憂き目になど、できれば遭いたくなかった。

どうか男の生理や欲求を理解してくれる、優しい女性であってくれますように。

育男は密かに願った。何しろ、相手がどんな人物かもわからないのだ。

教えてもらったのは住所と、後藤明日香《ごとうあすか》という名前のみ。年齢も職業も不明。

時間指定が午後七時ということは、どこかに勤めているのだろうか。

そのとき、育男は不吉な想像をしてしまった。

(まさか、ＳＭ趣味ってことはないよな)

それもドＳのほうだったら困る。男を苛めることに快感を覚えるからと、荒縄で縛られ、天井から吊され、鞭で打たれることになったらどうしよう。さらにはローソクの蠟を垂らされ、尻の穴に極太のディルドを突っ込まれたりとか。

自分で想像したことに恐れおののき、育男は泣きそうになった。そして、本当にそうであっても、逃げることはできないのだ。

いや、避難することが不可能であるとは言わない。ただ、そんなことをしたら、神田オナニー商会をクビになるのは確実だ。

だったら他のアルバイトを探せばいいと、単純に割り切るのは無理である。なぜなら、童貞を奪ってくれた美熟女と、その娘である純情な女子大生と会えなくなるのがつらいからだ。

泉美とは一週間前、ペニスをバイブ代わりに使われて以来、特に淫らな行為には至っていない。誘う素振りを見せられることもなかった。やはりオナニー商会の会長として、安易に男を求めてはいけないと考えたのか。

だとしても、今後まったくああいうことがないとは言えない。面倒見がいいひとだから、集会で勃起したときなど、自ら処理を買って出ることは充分にあり得る。そんな素敵な女性と、どうして離れられようか。

もっとも、育男が真に離れがたいのは、泉美ではなく小百合のほうだった。

彼女は大学の講義がないときなど、たまに手伝うぐらいである。行けば必ず顔を合わせるわけではなかった。

会えたときに、思い切って話しかけても、小百合は恥ずかしそうに俯いて、ほとんど会話にのってこない。そういう純情なところが魅力ではあるけれど、オナニーを見せ合った仲なのに、他人行儀もいいところだ。おかげで、もっと親しくなりたいという気持ちが、日ごとに増していた。

それゆえ、オナニー商会を辞めるわけにはいかない。たとえどんな試練が待ち受けていようとも、乗り越えねばならないのだ。

頑張ろうと自らを鼓舞し、目的地へ向かう。途中、迷いそうになったものの、どうにか指定された時刻に間に合った。

（ええと、ここでいいんだな）

そこは賃貸マンションらしかった。セキュリティーもしっかりしており、入り口手前のインターホンで部屋番号を押して、依頼者と通話する。

「神田オナニー商会から来た者ですが」

周囲にひとがいないのを確認し、口早に用件を述べると、

『はい。お待ちしておりました。どうぞお入りください』

言われた直後に自動ドアが開く。声を聞く限りは、若い女性のようだ。

（たしかに、若いひと向けのマンションって感じだものな）

外観も小綺麗な感じだったし、建物の名前も舌を嚙みそうな、何語かもわからないカタカナ言葉だ。

こういうところなら可愛い女の子が住んでいるに違いないと勝手に決めつけ、ワクワクしながら部屋へ向かう。ドアの番号とネームプレートを確認してから呼び鈴のボタンを押すと、中から「はーい」と返事があった。

（ええと、だいじょうぶかな？）

腕の匂いをクンクンと嗅ぎ、汗くさくないか確認しているとドアが開いた。

「神田オナニー商会の段田育男と申します。ご依頼の件で参りました」

名乗ると、ドアを開けてくれた女性が小さくうなずく。小柄で、年齢は二十五歳ぐらいだろうか。仕事から帰って間もないらしく、ベージュのスーツ姿だった。

「あの……後藤明日香です。どうぞお入りください」

彼女が小声で招き入れてくれる。小動物のような愛らしさそのままに、いかにも気弱げであった。

（これなら鞭で打たれる心配はなさそうだな）

育男は安堵し、「お邪魔します」と中へ入った。

そこは単身用の1Kで、中はこぢんまりとしていた。玄関の脇がキッチンで、バス、トイレのドアがある通路の向こうに部屋が見える。

「先に奥で待っていていただけますか」

言われて、育男は「あ、おかまいなく」と告げて奥へ進んだ。キッチンでお茶か何か用意するのだろうと思ったのだ。

フローリングの洋間は、予想していたよりも広かった。自身の六畳間と比較しても、倍近い面積があるのではないか。

ただ、そう映るのは、セミダブルのベッドやテレビ、ドレッサーなど、必要なもののみを適所に配置したレイアウトのおかげもあるようだ。壁にウォークインクローゼットの扉があるから、衣類や普段使わないものは、そちらにしまってあるのではないか。

カーテンやベッドのカバーも、いかにも若い女性が好みそうな、明るくてシンプルな柄である。インテリア雑誌の表紙になってもおかしくない眺めに感心するとともに、これなら心配することはなかったなと、育男は思った。

(明日香さんか……あのひとが、おかしな命令をするはずがないな)

いかにも人畜無害という本人の容貌を思い返しても、間違いないと確信する。

もしかしたら、未だに男性経験がなく、男のからだを勉強したいという依頼ではないのか。ついでに、ナマのヌードを見ながらオナニーをしてみたいと、そんなところだろう。

タイプとしては小百合に似ているかもなと考えたところで、明日香が戻ってきた。

「お待たせいたしました」

オドオドして頭を下げた彼女は、何も持っていなかった。お茶を淹れたわけではなかったらしい。

（おや？）

育男が怪訝に思ったのはそれとは関係なく、明日香の頬が赤らんでいたからである。いや、いっそ上気しているふう。

（まさか、向こうでオナニーしてきたわけじゃないよな？）

そんなあり得ない想像をしてしまうほど、妙に色っぽくもあった。

「そちらに坐ってください」

促され、育男は戸惑いつつベッドに腰掛けた。

明日香は平べったいクッションを床に置き、ちょこんと正座した。それから、恭《うやうや》しく頭を下げる。

「きょうはよろしくお願いいたします」

「あ、ああ、いえ、こちらこそ」

育男も焦り気味にぺこりとお辞儀をした。

「あの、これ、会長から言付《ことづ》かってきました。お土産です」

ラッピングされたボックスを差し出すと、彼女は戸惑ったふうに眉根を寄せた。

「お土産……ですか?」

いちおう受け取ったものの、首をかしげている。

(こういうのがあるって、事前に知らせてないのかな?)

サプライズのプレゼントなのかもしれない。好評なのは、意外さゆえもあるのではないか。

しかし、この企画は明日香には通じなかったようである。中をあらためることなくギフトを脇に置き、育男に向き直る。

「ええと、では、さっそくで申し訳ないんですけど、服を脱いでいただけますか?」

いきなり本題に入られてまごつく。だが、依頼者の命令は絶対だと言われたことを思い出し、「わかりました」と返事をした。

(ずいぶんせっかちなんだな)

それだけ今日を愉しみにして、待ちきれないということなのか。

「全部脱ぐんですか？」

「はい」

やっぱり男の裸が見たいんだなと心の中でうなずき、まずは靴下を脱ぐ。かなり歩いたためもあり、爪先が汗で湿っていた。

そのため、どこに置けばいいかなと迷ったのであるが、

「こちらにください」

明日香に手を差し出され、「あ、はい」と渡す。彼女はそれを畳むでもなく、自分の前に置いた。

（ベッドの上に置かれたら嫌なんだな）

靴下だけでなく、衣類全体が汗で湿っている。これは裸を観察させる前に、シャワーを借りたほうがよさそうだ。

あとはポロシャツとジーンズも脱ぎ、最後の一枚に手をかけたところで、

「あの、これも？」

いちおう確認すると、明日香は「はい、もちろん」と即答した。目があやしくきらめいているのは、期待の表れなのか。

（男の裸を見るのは初めてってわけじゃなさそうだぞ）

これまでまったく目にしたことがないのなら、もっと恥ずかしがるなり臆するなり、それっぽい反応を示すはず。

もっとも、バージンの小百合ですら、牡の勃起やオナニーをまじまじと観察したのである。目が輝いているのは、好奇心ゆえかもしれない。

(ええい、迷っていてもしょうがない)

股間を片手で隠しつつ、どうにかブリーフを脱ぎおろせば、明日香がまた手を出した。さすがに申し訳ないと思いながらも渡すと、信じられないことが起こる。

なんと、脱ぎたてで温もりのある男性用下着を、彼女が自分の顔に押し当てたのだ。

「あ!」

育男は驚き、ブリーフを奪い返そうとした。しかし、すっぽんぽんであることを思い出し、慌てて両手でペニスを隠す。

(何をしてるんだよ、このひとは……)

ひょっとして頭がおかしくなったのか。そこには汗の匂いばかりか、蒸れた股間臭もたっぷり染み込んでいるはずなのに。

ところが、こもるものを深々と吸い込んだ明日香は、少しも不快な様子を見せない。それどころか、うっとりしたふうに目を細めた。

そこに至ってようやく、おとなしそうな女性が何を求めているのかを察する。

(明日香さん、匂いフェチなのか!?)

それもどうやら、男くさいものに昂奮するタチであるようだ。だからこそ、育男が呼ばれたらしい。

(たしかに、匂いだけは実物がないと無理だものな)

単に裸を見たいだけなら、画像も映像もネットで簡単に手に入る。しかし、当然ながら匂いは嗅げない。本物の肉体がないと無理なのだ。

「ふう……」

ブリーフを顔から外した明日香が、満足げに息をつく。頬が紅潮し、目がトロンとなっていた。

「段田さんの匂い、素敵です。まろやかでコクがあって、とってもわたし好みです」

などと褒められたところで、対象が汗くさいブリーフでは少しも嬉しくない。むしろ居たたまれないだけである。

しかしながら、彼女が正面にいる男の心中を推《お》し量《はか》ることはなかった。かなり穿き馴れた下着を裏返し、無遠慮にクンクンと嗅ぎ回る。

「ああ、ここの匂いもたまらないです」

ペニスと陰嚢が収まっていたところに目を細める。クッションの上で、短めのタイトスカートに包まれたヒップがモジモジしているところを見ると、かなり昂ぶっているようだ。

(そんなところ、くさいだけなのに……)

育男はひたすら恥ずかしくて、目頭を熱くした。しかし、明日香の辱《はずかし》めは止まらない。

「ああ、やっぱりここが汚れてますね」

彼女が嬉しそうに示したのは、ブリーフの裾部分だった。太腿と性器の境界、鼠蹊部にこすれるところで、付着した黒ずみは洗ってもなかなか落ちない。おまけに、アポクリン腺から分泌される汗が染み込むから、かなりの悪臭がするのだ。

けれど匂いフェチにとっては、ご馳走以外の何ものでもなかったろう。明日香は嬉々として小鼻をふくらませ、蕩けた表情を見せた。

「すごくいいです。段田さんの匂い、わたし大好きです」

愛らしい女性にそんなことを言われれば、普通ならときめくはず。しかし、今の育男は羞恥に身をよじるばかりであった。

（ああ、こんなことなら、ＳＭ趣味のほうがまだよかったかも）

痛くされるほうが、辱められるよりよっぽどマシに思える。

そのとき、育男は不意に思い出した。先週、集会のあとで泉美とセックスしたとき、美熟女のあられもない秘臭を嗅いだことを。ケモノっぽく生々しい匂いにもかかわらず、激しく昂奮したのである。

（男が女性の匂いを好むのと同じで、女性もそうだってことなのか？）

もちろん個人差はあるにせよ、所謂《いわゆる》フェロモンとかいうやつで、異性を惹きつけるものがあるのかもしれない。

だとしても、汚れた下着をクンクンするのは、明らかにやりすぎだ。

などと憤慨しながらも、育男とて目の前に脱ぎたてのパンティがあれば、とりあえず手にとって匂いを嗅ぐだろう。彼女を非難する資格などない。

充分に堪能したらしく、明日香がブリーフを床に置く。あるいは、嗅ぎすぎて匂いが薄まったのではないか。

ともあれ、ようやくホッとした育男であったが、彼女が靴下を手にしたものだから、また狼狽した。

（え、それも⁉）

股間の残臭なら、まだ理解できる。いちおう性的な成分が含まれているはずだからだ。

しかし、靴下はブリーフと大いに異なる。確実に悪臭だし、好ましい香りなど望むべくもない。

ところが、明日香は最もくさい爪先部分を鼻に押し当てる。深呼吸をするがごとく背すじをピンとのばし、胸を大きくふくらませたのだ。

「ああ……」

洩れた声を、嫌悪のしるしだと育男は思った。眉間に深いシワが刻まれたから、さすがに受け付けなかったようである。

と、見えたのは、完全に誤りだった。

「わたし、この匂いも好きなんです」

意外な発言に、もはや育男は諸手を挙げて降参するしかなかった。あまりのマニアックさに、完全に置いてきぼりを喰った気分だった。

「シューズの匂いもなかなかでしたけど、やっぱりソックスのほうがいいですね。肌に接しているぶん、余計な雑味《ざつみ》が少ないですから」

などと、いっぱしの食通みたいに語るものの、手にしているのは脱ぎたての靴下なのだ。どんなグルメ番組からもお呼びはかかるまい。

（あ、そうか。さっきおれを先に部屋へ行かせたのは、スニーカーの匂いを嗅ぐためだったんだな）

顔が上気したふうに赤らんでいたのは、存分に堪能したからなのか。それからもうひとつ、もしやと浮かんだ疑念があった。

（泉美さんがおれを品川に行かせたのは、お土産を買わせるためじゃなくて、遠回りさせて汗をかくよう仕向けるためだったんじゃないのか？）

実際、受け取ったときの明日香の反応からして、ギフトはただの口実だったようだ。

それに、そもそも依頼の内容を聞いていないなんてことがあるはずない。会長としては会員の希望に添うよう、人材を派遣する必要があるのだから。

（前もって教えたら、おれがシャワーを浴びたり着替えたりするかもしれないって思ったんだな）

いや、間違いなくそうしたであろう。それを見越して、あえて何も教えずに送り出したのだ。

そのおかげで、明日香は心ゆくまで男くささを堪能できるわけである。

靴下を裏返し、指の付け根が当たっていたところを直に嗅ぐ彼女は、陶酔の面持ちであった。生まれ変わったみたいに生き生きして、最初に感じた気弱そうな印象は、まったくなくなっている。

（こんなに綺麗なひとだったっけ）

やっていることは共感できないものの、その行為が彼女をいっそう美しく、魅力的にしているのは事実だ。

いよいよたまらなくなったか、腰がいやらしくくねっている。このままオナニーを始めるのかと思えば、そうではなかった。

「じゃあ、ベッドに横になってください」

匂いフェチの美女が、色めいた眼差しで告げた。

2

「最初は俯せでお願いします」

言われたとおりに、育男はベッドに身を伏せた。何をされるのか見当がついたし、恥ずかしさを誤魔化すため、枕に顔を埋める。

途端に、甘い香りが鼻奥にまで流れ込んだ。

（ああ、これは……）

うっとりして、無意識に身をくねらせる。シャンプーの香料とミックスされたかぐわしさは、間違いなく明日香自身のフレグランスだ。

状況も忘れてクンクンと鼻を蠢かす自分に気がつき、育男はハッとした。

（……そうか。明日香さんも、今のおれと同じ気持ちになってるんだ）

異性の匂いに惹かれるのは、決して異常なことではない。多少、やり過ぎなところはあるけれど。

そうと理解しても、嗅がれる立場としては、まったく落ち着かない。

背中に気配を感じる。ベッドに上がってきた明日香が、顔を近づけてくるのがわかった。どうやら首筋のあたりに。

「じっとしててくださいね」

声に続いて、かすかな息がかかる。耳の後ろを嗅いでいるようだ。

「うう……」

育男は呻き、尻を揺らした。汚れたブリーフの匂いを暴かれるよりはマシながら、まったく平気でいられるわけがない。

とにかく早く終わってくれと願い、煩悩を捨て去る修行者さながらに、無心になるよう努める。

「ああ、素敵」

感に堪《た》えないつぶやきと、息づかいが聞こえる。その度に腰の裏がムズムズしたものの、どうにかじっとしていられた。

(よし……無心だぞ、無心)

いずれ終わるのだと、自らに言い聞かせる。彼女が首すじから背中へと移動するのを感じつつ、深い呼吸を繰り返していると、

「四つん這いになってもらえますか?」

明日香が要望を口にする。とにかく無心になるよう努めていたため、育男は素直に従った。両膝と両肘をついて、尻を掲げる。

まずい状況であることに気づいたのは、ぱっくりと割れた臀裂に涼しさを感じたときである。

(え、まさか——)

焦ったときにはすでに遅く、涼しさを感じたところに温かな息がかかった。

「おしりの穴にも毛が生えてるんですね」

真後ろから聞こえた声に、頬が燃えるように熱くなった。

（ああ、そんな……）

肛門をまともに見られるだけでも恥ずかしいのに、さらなる試練が待ち受けている。そこに近づくものを感じ、括約筋が反射的にキュッとすぼまった。

「ここもいい匂い」

その言葉を耳にするなり、涙がポロリとこぼれた。

（そんなところ、嗅がないでくれよ）

普段閉じている場所だから、溜まった汗が蒸れて熟成し、かなり強烈な匂いがしているはず。そこが痒くなって掻いたとき、指の匂いを嗅いで辟易したことがあるからわかるのだ。

それに、もうひとつ気になることがあった。

「ウンチの匂いはしないのね」

つぶやくように言われて安堵する。大きい用を足したあとはちゃんと洗うようにしているおかげで、嫌な臭気は残っていなかったようだ。

ただ、明日香の声音はどこか残念そうだった。そんなものまで嗅ぎたかったというのか。

彼女は尻の谷から陰嚢まで満遍なく嗅ぎ回り、

「じゃあ、今度は仰向けで」

と、次の指示を出した。丁寧だった口調がくだけたものになったのは、男を好きに操れる状況に、すっかり慣れたかららしい。

（ということは、いよいよ――）

ペニスの匂いを暴かれるのは確実だ。もっとも、アヌスを嗅がれたあとだから、心境としてはどうにでもなれという感じだった。

だから股間を隠すことなく、天井を向いて寝そべったのである。

と、そこまで覚悟していたのに、明日香は育男の両手をあげさせると、腋の下に鼻を近づけた。

（そっちかよ）

幸いにも育男は、腋臭《わきが》ではなかった。ただ、鼠蹊部と同じでアポクリン腺のある場所であり、他の部分よりも匂いは強いかもしれない。

それでも、尻を嗅がれるよりはずっといい。

彼女はそれほど長く、腋の下に顔を寄せていなかった。あまり匂わなかったか、好みではなかったのだろう。

ところが、下降して臍を嗅いだときには、嬉しそうに頰を緩ませた。汗や老廃物が溜まりやすいところだというのに。

(本当にくさいのが好きなんだな)

後方に突き出したヒップがいやらしく揺れているから、すでに秘部が潤っているに違いない。

それからようやくという感じで、牡の性器に移る。これまでになく期待に満ちた顔つきで。

(やっぱりそこがいいのか……)

後回しにしたのは、好きなものは最後に食べる性格ゆえなのか。

明日香が秘茎をそっと摘まむ。くすぐったい快さが生じたものの、すぐに勃起する気配はなかった。ずっと辱められていたから、とても昂奮できる精神状態ではなかったのだ。

先端近くまで包皮をかぶった牡器官に、彼女は愛おしむように目を細めた。

「うん。こうでなくっちゃ」

それがどういう意味なのか、すぐに思い知らされることになる。明日香は余り気味の皮がほころんだところに鼻を寄せると、くるりと翻転《ほんてん》させたのである。

「ああ……これよ」

感嘆のため息がこぼれる。彼女は剝きたての亀頭を嗅ぎたかったのだ。内側にこもっていた燻製《くんせい》っぽいフレグランスが、一気に解放される瞬間を。

さらに、くびれ部分の恥垢臭にも、嬉しそうに小鼻をふくらませる。

そこまでされると、もはや恥ずかしさが麻痺したようになる。代わって、背すじがムズムズする感覚があった。ペニスと愛らしい面立ちの淫らなコントラストにも胸の高鳴りを覚え、海綿体に血液が流れ込む。

「あ、あ、大きくなってくる」

驚きを含んだ声を発しながらも、匂いフェチの女性は牡の性器を嗅ぎ続ける。鼠蹊部にも顔を埋め、犬のように鼻を鳴らした。

その間に、分身がピンとそそり立つ。

「こんなになっちゃって……」

血管を浮かせた筒肉に回した指を、明日香が締めたり緩めたりする。快さが高まり、育男は呻いて腰をよじった。

「わたしに匂いを嗅がれて、昂奮したんですか？」

横目で問いかけられ、返答に窮する。そうだとも違うとも言えなかったからだ。けれど、彼女はそれ以上追及することなく、次へ進んだ。もう我慢できなくなっていたようである。

「わたし、オナニーしますね」

そう告げるなり、からだの方向を変える。育男におしりを向け、胸を跨いだ。男の上で四つん這いになったのだ。

（おお）

育男は目を瞠《みは》った。パツパツになって伸びきったタイトミニの内側が、まともに見えたのである。

意外にむっちりした下半身は、肌色のパンティストッキングでガードされている。若いOLのあられもない姿を目の当たりにし、勃ちっぱなしの分身が雄々しくしゃくり上げた。

さらに、明日香はスカートをウエストまでたくしあげると、まん丸なヒップをあらわにしたのである。

薄いナイロンに透けるのは、ピンク色のパンティだ。デザインはおとなしいものの、こんな直近で見せつけられたら欲情せずにいられない。

おまけに、ほんのり酸っぱいような媚香が漂ってきたのだから。

やはり職場から帰ったばかりなのだろう。着替えもせず、もちろんシャワーも浴びていない。それこそ嗅ぎ回れば、正直な女くささを堪能できるはず。

（ていうか、この格好でオナニーをするのか？）

下着を脱いだら、恥ずかしい部分をまともに晒すことになる。ひょっとして、見られるのが好きなのかと思えば、彼女がマットレスの下から何やら引っ張り出した。

それは、コードレスタイプの電動マッサージ器——電マであった。以前、泉美がデスクでチェックしていたのと同じもののよう。

（やっぱり評判がいい商品みたいだな）

コードがないから使いやすいのだろう。それに、振動具合も絶妙なのだとか。

育男もこれを亀頭に当てられるなり射精してしまったが、あれは焦らされた時間が長かったためだ。ただ、気持ちよかったのも事実。

明日香は電マのスイッチを入れると、モーターで振動する頭部を、パンストの上から秘部に当てた。

「くぅううーン」

子犬みたいに啼いて、薄物に包まれた下半身をわななかせる。直でなくても、かなり感じているようだ。直接だと刺激が強すぎるのかもしれない。

「ああ、き、気持ちいい」

悦びの声とともに、息づかいが屹立の先端に当たる。蒸れた燻製臭を嗅ぎながら、オナニーをするつもりなのだ。

(オナペットになれって泉美さんに言われたけど、おれじゃなくて、おれの匂いがオカズにされてるんだよな)

だったら汚れ物の下着や靴下だけでもよかったのではないかと思う。もっとも、ここまでフェチだとこだわりがありそうだし、本体でないと味わえないパフュームがあるのかもしれない。

ともあれ、はしたないポーズばかりか、電動器具で快感を得る姿まで見せつけられ、育男は全身が熱くなるほど昂奮した。

(うう、いやらしい)

パンティがパンストに透けているぐらいで、素肌の露出はない。それでも、充分すぎるほどエロチックだ。

「あ、あっ、いい……感じるのぉ」

よがり声が高まり、腰がビクンビクンと痙攣する。見ると、葉っぱのかたちの縫い目に囲まれたクロッチに、濡れジミが浮かんでいた。

（もう濡れてるんだ……）

牡のフェロモンに当てられて、かなり昂ぶっていたはず。膣内に淫蜜がたっぷりと溜まっていたに違いなく、それが溢れ出したのではないか。

ブブブブブ――。

モーターの唸りが低くなる。電マを強く押しつけたためだ。

「あああ、も、もう」

明日香が差し迫ったことを訴えて間もなく、若腰が大きくはずんだ。

「だ、ダメ、イッちゃう」

まだイキたくないというふうに、全身をくねらせる。せっかく最高のオカズを手に入れたのに、簡単に絶頂してはもったいないと思ったのか。

それでも、電マをはずことはできなかったらしい。むしろ、本能的に悦びを求めたのか、頭部を動かしてより感じるポイントを探った。

「イヤイヤイヤ、あ、あああっ、ダメなのぉ」

なまめかしい匂いが濃厚になり、クロッチのシミが大きくなる。若いＯＬの痴態に直面し、ペニスが爆発しそうに充血した。

（ああ、もう）

愛撫を欲して、育男は焦れた。しゃぶってくれとは言わないが、せめて握って、しごいてもらいたかった。

けれど、彼女は牡のシンボルに触れることなく、絶頂へと駆けあがる。

「あ、イク、イクの、くううう、い――イクイクイクぅっ！」

嬌声をほとばしらせ、四肢を痙攣させる。直後に、パンストの股間がオモラシしたみたいに濡れたのは、潮を吹いたからなのか。

「う、ううっ、くは――」

喘ぎの固まりを吐き出し、明日香が脱力する。電マをベッドに落として育男の上に突っ伏し、男くさい股間に顔を埋めた。

「はあ、はぁ……」

深い呼吸が繰り返される。温かなそれが鼠蹊部を蒸らすのを感じながら、育男は濡れジミの広がったクロッチを見つめていた。

「すごく気持ちよかったです。イッたとき、あんまり良すぎて、わけがわからなくなったぐらいですから」

ベッドにぺたんと坐った明日香が、上気した面持ちで感想を述べる。ここまであけすけに打ち明けるのは、それだけ感動が大きかったことの証しであろう。誰かに教えたくて仕方がないという様子だ。

3

「本当に、これまでで最高のオナニーでした。段田さんのおかげです。いっぱい嗅がせてもらって、すごく昂奮しました。だからあんなに感じちゃったんです。どうもありがとうございました」

礼を述べられても、未だ素っ裸の育男は、落ち着かなく目を泳がせた。彼女もスカートをたくし上げたままで、パンストの下半身があらわだったためもある。

「いえ、どうも」

と、頭をさげるので精一杯。

分身はまだ硬くそそり立ったままである。晒しっぱなしにするのは忍びなく、両手で隠していたものの、ムズムズして仕方がない。すぐにでもしごいて射精し、楽になりたかった。

とは言え、依頼者の前で、そんな不埒な真似ができるはずがない。いくら自慰を見せられた後であっても。

「あの、また是非お願いしますね。段田さんの匂い、とってもわたし好みなんです」

恥じらいの微笑を浮かべられ、胸がときめく。しかし、すぐに了解することはできなかった。

「男性の匂いが好きなんですか？」

誤魔化すために問いかけると、明日香が「ええ」と首肯《しゅこう》する。

「誰のでもっていうわけじゃないんですけど、基本的には大好きです。大好きっていうか、すごく昂奮するんです。電車の中で男性に密着したときとかも、匂いだけで胸がドキドキして、アソコが濡れちゃうぐらいに」

大胆な告白に、勃起がビクンと脈打つ。ますますしごきたくなった。

「じゃあ、付き合った彼氏の匂いも嗅いだんですか？」

この質問に、彼女が表情を曇らせる。それまで上機嫌だったのが、嘘のように。

「ええ、まあ……でも、そのせいでうまくいかなくなるんです」

「どうしてですか？」

「どうしてって、嫌がられるし、変な女だって思われるみたいで」

それはそうだろうなと思ったものの言葉にはせず、育男は黙ってうなずいた。

（おとなしそうに見えたけど、ちゃんと男を知ってたんだな）

処女かもしれないと思ったのは、最初、やけに不安そうにしていたからだ。あれは、また嫌がられたらどうしようと、心配だったからではあるまいか。目的を遂げた今は、実にすっきりした面持ちである。

「男のひとって意外とデリケートみたいで、脱いだパンツや靴下をこっそり嗅いだのを知っただけで怒るんですよ。今まで三人とお付き合いしたんですけど、別れたのは全部、わたしの趣味が原因だったんです」

趣味と呼ぶには、少々特殊すぎる。たしかに魅力的な女性ではあるものの、しょっちゅうそんなことをされたら、彼氏だって嫌になるだろう。

（ていうか、逆に自分があちこち嗅がれたら、どんな気分なのかな？）

自身がそういう嗜好を持っているから、気にせず受け入れるのだろうか。

「そういうわけで、もう二年近くフリーで、ずっとオナニーばかりだったんです。

神田オナニー商会に入会したのも、どうせ男のひとには受け入れられないんだって、諦めたからなんです。そうしたら、出張サービスができたので、思い切ってお願いしてみたんです。オナニーのためなら、何でもＯＫってことだったので。おかげで、とてもいいオナニーができました」

明日香がポッと頬を赤らめる。おそらく、狂おしく昇りつめた瞬間を思い返したのだろう。そのときの強烈な快感も含めて。

「じゃあ、きょうはこれでいいんですか？」

「はい。わたしはいつも、一度イケばそれで満足なので」

「そうですか。喜んでいただけたのなら、おれもうれしいです」

期待に応えられたようだし、最初の出張業務は成功だったのではあるまいか。ただ、今後も特殊な依頼があるかもしれず、若干の不安はあるけれど。

(この様子だと、また明日香さんに呼ばれそうだな)

神田オナニー商会にいる限り、会員の要望に添わねばならないのだ。

「あの、それで、ひとつお願いしてもいいですか？」

彼女がやけに真剣な面持ちを見せたものだから、育男はビクッとした。

「え、何ですか？」

「さっき脱いだパンツとソックス、譲っていただきたいんです。もちろん、代わりのものをお渡ししますので」

何に使うのかなんて、確認するまでもない。まだ匂いは残っているのであり、明日以降のオカズにするつもりなのだ。

「いや、でも、そういうオプションは聞いていませんので」

やんわり断ったのは、やはり恥ずかしいからである。たとえその現場を見せられなくても、自分の汚れ物がオナニーに使われるのだ。おそらく、染み込んだ男くささを隅々まで嗅ぎ回されて。

「そこをなんとかお願いします」

明日香が両手を合わせて頼み込む。せっかくの機会を逃したくないと、目でも訴えてきた。

今後のためにも、会員にはできるだけサービスをするべきなのだろう。それによっていい評判が広まり、会員が増えれば、会の存続にもプラスになるのだから。

しかし、すんなり承諾するのもためらわれたとき、ふと妙案が浮かぶ。

「でしたら、おれのお願いも聞いていただけますか？」

これに、彼女は間髪を容れず「ええ、もちろん」と答えた。それだけブリーフと靴下がほしかったわけである。

「実は、さっきの明日香さんのオナニーで、おれもすごく昂奮させられて、その、まだここが大きなままなんです」

「ええ……みたいですね」

その部分をチラ見して、明日香がうなずく。

「それで、このままだと帰るまで我慢できそうにないんで、ここでオナニーをさせてもらいたいんですけど」

申し出に、彼女はホッとした顔を見せた。あるいはセックスを求められるのかと、危ぶんでいたのではないか。

「いいですよ。それぐらい」

「ありがとうございます。ただ、おれもオカズがほしいので、ここに寝てもらえますか？　あ、べつにさわったりしませんから。ただ、その格好のままでいてもらえたらいいんです」

パンストの下半身を晒したままでいることに、今さら気がついたらしい。明日香は自身を見おろし、赤面した。

「えと……わたしをオカズにするんですか？」

ストレートな問いかけにドキッとする。異性から面と向かってそんなことを言われて、平然としていられる男などまずいまい。

「え、ええ。そうです」

「……わかりました」

彼女はためらいを表情に残しつつ、そろそろとベッドに身を横たえた。初めて対面したときのように気弱な容貌を見せているのは、恥ずかしいからであろう。

しかし、それゆえにはかなげで、チャーミングなのも間違いない。

ベージュのスーツ姿でスカートだけをたくし上げ、インナーをあらわにした姿は、いっそオールヌードよりも煽情的かもしれない。その証拠に、育男の分身はいく度も反り返り、下腹をぺちぺちと叩いた。

「では、どうぞ」

決意を固めるように告げ、明日香が瞼を閉じる。好きにしてもかまわないという態度に、嗜虐的な衝動がふつふつと湧きあがった。

しかしながら、手を出すわけにはいかない。第一、そんなつもりは毛頭なかった。

育男は猛る分身を握りしめ、彼女の足元からにじり寄った。そして、最初の目標を定める。ナイロンの薄物に包まれた爪先であった。

気づかれないように注意深く身を屈め、そこに鼻を寄せる。もちろん匂いを嗅ぐためだ。

さっきのお返しというわけではない。純粋に、どんな臭気を漂わせているのか気になったのである。それから、自分が昂奮するのかどうかも知りたかった。

爪先は編み目が詰まり、色が濃くなっている。さらに、指とシューズの底がこすれるあたりが黒ずんでいた。

そこには、汗と脂と埃の混じった、親しみのある独特の香気があったのだ。

(女のひとも足が匂うのか!)

男も女も同じように汗をかくし、足だって蒸れる。そんなこと、べつに不思議でも何でもない。

だが、童貞喪失から日が浅い育男にとっては、理解できても納得しがたい、衝撃の事実であった。女性はずっと手の届かない存在であったため、こうであってほしいという理想と幻想を抱いていたせいもあったろう。

ところが、自分のものとさほど変わらないパフュームを嗅いだことで、いろいろなものがガラガラと崩れ落ちる。泉美の生々しい秘臭を暴いたときよりも、ショックは大きかった。

その一方で、妙に胸がドキドキしたのも事実。

念のためにと、育男はもう一方の爪先も嗅いでみた。すると、そちらのほうが汗の成分が強烈で、鼻奥がツンと刺激される。発酵した大豆製品に似た趣もあった。

なのに、少しも嫌ではない。むしろもっと嗅ぎたいし、できることなら口に含んでしゃぶりたかった。

(じゃあ、明日香さんもおれを嗅ぎながら、こんな気持ちになっていたのか)

異性の匂いを求めるのはフェチではなく、ごく自然な欲求なのかもしれない。ただ、それが強いか弱いかの違いだけで。

パンストの爪先をクンクンしながら、育男はペニスをしごいた。たちまち目のくらむ快美が押し寄せ、果てそうになる。

(いや、まだだ——)

根元をギュッと握り、どうにか迫り来るものを追い払う。

そのとき、明日香の足指がくすぐったそうに握り込まれた。イキそうになって鼻息が荒くなったものだから、それが爪先にかかったのか。

悟られてはまずいと、育男は上体を起こした。まだ確認しなければならないフレグランスがあるのだ。

「あの、脚を開いてもらえますか?」

お願いすると、閉じていた膝が怖ず怖ずと離される。彼女は瞼を閉じたままだ。育男がパンストの脚や透ける下着を見ながらオナニーをしていると、思い込んでいるのだろう。

それをいいことに、晒されたクロッチへと鼻面を接近させる。

(ああ、すごい)

胸に感動が広がる。それはうっとりする気分と、悩ましさを伴っていた。さっきも電マオナニーを間近に眺めながら、こぼれ落ちる秘臭を嗅いだのである。けれど、それよりももっと濃厚で、酸味とチーズの風味を増したものがたち昇ってくる。また、アポクリン腺の汗らしき、足の匂いに通じる成分も感じられた。

あられもないパフュームに、牡の劣情がぐんぐん高まる。だが、すぐに達してはもったいないと、分身を緩やかに摩擦する。

(気持ちいい……)

頭の中に愉悦の霞がかかる。理性をかき消され、本能のままに快楽を求めそうになるのをどうにか堪え、育男は長く愉しめるよう努めた。熱い鼻息を、ふんふんとこぼしながら。

「え？」

様子がおかしいことを、さすがに悟ったらしい。明日香が瞼を開き、頭をもたげる。自身の中心に顔を寄せている男を、最初は訝る眼差しで観察した。おそらく、ただ間近で見ているだけかと思ったのであろう。

けれど、育男の鼻がヒクヒクと蠢いているのを認め、そうではないと気づく。

「ちょ、ちょっと、ダメ！」

彼女は焦った声をあげ、腰をよじって逃げようとした。

「え、どうかしたんですか？」

理由がわかっていたにもかかわらず、育男は怪訝な表情を向けた。

「だ、だって、わたしの――アソコの匂いを嗅いでるんですよね？」

「ええ、そうですよ」

「だ、ダメです、そんなこと」

「どうしてですか？　明日香さんだって、おれのをいっぱい嗅いだじゃないですか」

「だからって……だいたい、何もしないって言ったじゃないですか」

「さわらないとは言いましたけど、匂いを嗅がないとは言ってません」

この反論に、彼女は言葉を失った。何か言おうと口をぱくぱくさせたものの、泣きベソ顔になって唇を引き結ぶ。

それから、悔しそうに睨んできた。

(ちょっと可哀想かな)

思ったものの、あられもない牝臭を愉しみたい気持ちには勝てなかった。それに、これは因果応報なのだ。

と、何かを思い出したらしく、明日香が顔色を変える。

「ひょっとして、さっき、わたしの足も——」

「ええ、嗅ぎました」

正直に答えると、彼女は「いやぁ」と嘆いた。

「黙ってそんなことするなんて、へ、ヘンタイっ!」

自分こそソックスの匂いにうっとりしていたのに、ずいぶん酷い言いぐさである。

「わたしの足なんて、く、くさいだけなのに」

「そんなことないです。いい匂いで、おれ、すごく昂奮しました。もちろん、アソコの匂いも素敵ですけど」

「嘘よ、そんなの」

「本当です」

証拠を見せるべく、育男はからだを起こした。握りしめた肉根を示し、

「ほら、こんなになってるんですよ。さっきからずっと、イキそうなのを我慢してるんです」

欲情の漲りを見せつけられ、明日香が目を見開く。赤く腫れ、尖端を先走りで濡らした亀頭に、コクッと喉を鳴らした。

「明日香さんは、おれの匂いを好きだって言いましたけど、おれも明日香さんの匂いが大好きです。だから、もっと嗅がせてください」

真剣に頼み込むと、彼女は仕方ないというふうに眉をひそめた。

「わかったわ……でも、わ、わたしは脱がないですからね」

涙目で念を押され、育男は「ええ、かまいません」と答えた。

許可を得て、改めてデルタゾーンに顔を寄せる。馥郁《ふくいく》とした女臭に鼻を蠢かせ、強ばりきった分身をゆるゆるしごいていると、

(あれ?)

ふと違和感を覚える。彼女は股を開き気味にしていたにもかかわらず、蒸れた熱気が感じられたからだ。まるで、ずっと閉じていたみたいに。

(ひょっとして、匂いを嗅がれて昂奮しているのか?)

実際、たち昇る媚香も、なまめかしさを増しているようなのである。

「うう……も、ヤダ」

涙声のつぶやきも、心から嫌がっているようには聞こえない。

頬も耳も赤く染まっており、かなりの羞恥にまみれているのは間違いない。だが、その恥ずかしさが昂ぶりを生んでいるのではないか。

試しに、ふんふんと大袈裟に鼻を鳴らすと、明日香が「ああ、いやぁ」と嘆く。腰もくねり、小さな嗚咽《おえつ》が聞こえたものの、また熱気がふわっとたち昇った。

(これ、いやらしすぎる)

淫らな反応に、育男は軽い目眩を覚えた。濡れたクロッチの張りついた秘芯が、物欲しげに収縮するのがわかったのだ。

「うう、もう」

彼女はたくし上げたスカートを両手で摑み、イヤイヤをするように左右に動かす。あるいは、またオナニーをしたくなっているのか。

だったら自分が気持ちよくしてあげたい。胸にこみ上げた思いを、育男はストレートに伝えた。

「明日香さんのここ、舐めたいです」

告げるなり、若腰がビクッと震える。

「え、ど、どうしてですか？」

理由を訊ねたのは、してもらいたい気持ちがあるからではないのか。嫌だったら、即座に拒むはずだ。

「ここ、とってもいい匂いだから、味も知りたいんです。あと、明日香さんを気持ちよくしてあげたいから」

顔をあげ、目を合わせて言うと、彼女はうろたえて視線をはずした。けれど、迷う表情を見せたあと、スカートを摑んでいた手をはずす。

そして、パンストに指をかけると、そろそろと脱ぎおろしたのだ。しかも、パンティごとまとめて。

（え、それじゃ――）

ＯＫなのかと、胸に喜びが満ちる。

　ところが、明日香は予想もしなかった行動に出た。膝を曲げ、横になったままインナーを爪先からはずすと、股間を手で隠して素足を差し出したのだ。それも、育男の顔の真ん前に。

「先に、足を舐めてください」

　やけに挑発的な眼差しで命令する。

「え、足を?」

「でないと、アソコを舐めるのは許しません」

　どうやら、足の匂いで昂奮したのが本当かどうか、確かめるつもりらしい。

　本当なら舐められるはずだし、できないのならこれ以上は何もさせない。こちらを見据える目が、そう訴えていた。

(本当に舐めていいのかな?)

　育男に異存はなかった。というより、爪先からぷんと漂う香気を嗅ぐなり、しゃぶりたくてたまらなくなったのだ。

　だから、差し出された足を手に取り、ためらうことなく指を口に含んだのである。

「ヤン」

明日香が小さな悲鳴をあげる。くすぐったそうに足指を握り、脹《ふく》ら脛《はぎ》をピクピクさせた。

わずかなしょっぱみが味蕾を刺激し、匂いの成分が口の中に広がる。育男は素直に美味しいと思った。愛らしい女性の足を舐めるという行為そのものに、昂ぶっていたためもあったろう。

それゆえ、舌を遠慮なく這わせ、指の股にも侵入させる。そこにはザラつきがあり、味わいもよりくっきりしたものであった。

おかげで、劣情も高まる。鈴口から熱い粘汁がトロリと溢れる感覚があった。

「うう、く、くすぐったい—」

彼女は懸命に足を引っ込めようとする。しかし、育男はそれを許さなかった。五本の指を丹念に清めると、もう一方の足も同じようにねぶったのである。

「うう、バカ……ヘンタイ」

自分がやれと言ったくせに、涙声でなじる。ただ、声がどこか艶めいていたから、くすぐったいだけではなかったのだろう。

それは秘苑へのくちづけを許されたときに、明らかになった。

「じゃあ、アソコを舐めていいんですね？」

両足を満遍なく味わったあと確認すると、明日香は呼吸をはずませつつ、投げやり気味にうなずいた。ぐったりした様子だったから、声を出す気力もなかったらしい。

ならばと、脚をM字に開かせ、そのあいだに頭を入れる。隠していた手をはずさせると、いよいよ神秘の宮殿があらわになった。

（これが明日香さんの――）

パンティとパンストで押さえつけられていた秘毛が、皮膚に張りついたようになっている。その中心に、ややシワの多い花びらが、細長いハートのかたちでほころんでいた。

陰部全体に、色素の沈着はあまりない。それゆえ可憐な印象を受ける。ただ、クリトリスが最初から包皮を脱いでいるのは、オナニーに励んでいるからなのか。

そして、解放された牝臭が、牡の心を鷲摑みにする。

（ああ、素敵だ）

それはパンスト越しに嗅いだものよりも、おとなしいフレグランスだった。布地に染み込んでいた雑味がないぶん、鮮烈でもある。よりチーズっぽさが際立っていた。

それゆえ、いっそう好ましい。

「——あの」

明日香が戸惑ったふうに声をかけてくる。女芯を見つめて鼻を蠢かせていた育男は、ようやく我に返った。

「あ、すみません」

焦って口をつけようとしたとき、その部分がキュッとすぼまる。

「本当にそこ、くさくないんですか?」

彼女はまだ気になるようだ。パンティも脱いで秘部を晒したから、余計に心配なのではないか。

「全然。素敵な匂いです。少なくとも、おれは大好きです」

思いを真っ直ぐに伝えると、クスンと鼻をすする音が聞こえる。

「素敵なんて嘘だわ。そんなところ、くさいだけよ……」

「そんなことないです。だいたい、明日香さんだって、おれのを嗅いでうっとりしてたじゃないですか」

「男のひととは違うもの。女性のアソコなんて汚れやすいし、生理とかオリモノとか、いろいろあるんですから」

この言葉に、育男は驚きを隠せなかった。

(いや、男だって汚れるし、充分くさいはずだけど)

むしろ逆だと思ったものの、彼女は女性器のほうが悪臭だと、本気で考えているらしい。

異性のものを好ましく捉えるのは、生き物としての本能なのか。それこそ、フェロモンの作用なのかもしれない。

ともあれ、不快ではないことを伝えるために、育男は行動に移した。顔を覗かせている秘核に、いきなり吸いついたのだ。

「きゃふンッ!」

明日香が愛らしい悲鳴をあげ、腰をビクンと震わせる。さらに舌を躍らせることで、わななきが下半身に広がった。

「いや、あ、くうううう」

切なげに喘ぐOLは、柔らかな太腿で男の頭を抱え込んだ。まるで、もっと舐めてとせがむように。

(やっぱりしてほしかったんだな)

素直な反応が嬉しくて、敏感なボタンをついばむように吸いねぶる。電マになんか負けていられないと、舌を高速で律動させた。

「ああ、き、気持ちいいッ」

悦びを口にした明日香であったが、当初の目的をちゃんと憶えていたようだ。

「ね、ね、オチ×チン、ちゃんとシコシコしてます？」

はしたない問いかけに、育男はドキッとした。クンニリングスの真っ最中で返事はできなかったものの、思い出したように分身をしごく。

「むううう」

目の奥に快美の火花が散る。華芯を舐めることで昂奮したものだから、いっそう感じてしまったのだ。

（うう、まずい）

このままでは一分も持たないと、右手の握りを弱める。しかし、彼女はよがりながらも、射精を強く促した。

「は、早く、あうう、き、気持ちよくなってくださいね。あ、あ、白いの、いっぱい出してぇ」

あられもないおねだりに、全身が熱くなる。牡の絶頂を願うのは、クンニリングスで乱れるところを見せたくないからではないのか。

育男としては、明日香を先にイカせたかった。ここまでしたのだから、あわよくばそのあとでセックスもと、密かに期待していたのである。

しかし、自分はあくまでもオナペットとして、このお宅に派遣されたのだ。任務のあと、特別にオナニーをする許可をもらっただけで、それ以上のことを望むべきではないともわかっている。

「ね、早く……あああ、わたしのくさいアソコを舐めながら、イッてほしいのぉ」

自虐的な言葉にも理性をかき乱され、頭がクラクラしてきた。一刻も早く精液を出したいと、ペニスが疼いていたのも事実なのだ。

(ええい、だったら——)

ここは自身の欲求に従うべきだと、秘茎をリズミカルにしごく。全身に震えが生じ、舌づかいも乱れたが、それでも懸命に恥苑をねぶり続けた。

間もなく、終末が訪れる。蕩ける歓喜が忍耐の堤防を崩し、溜まりきった熱情が先を争って飛び出した。

「む、うっ、むふふふぅ」

女陰に熱い息を吹きつけながら、育男は強烈なオルガスムスに身を委ねた。腰がビクッ、ビクンと痙攣し、それにあわせてザーメンがいく度もほとばしる。

「むはっ」

息が続かなくなり、かぐわしい苑から口を離す。唾液と愛液に濡れたそこを見つめながら、育男は尿道に残ったぶんを搾り出した。

(ああ、出ちまった)

快楽の波が穏やかになるのに代わって、虚しさがこみ上げる。あられもない姿の女性を前にしながらオナニーで果てたことが、今さら情けなく思えてきた。

だが、これも致し方のないこと。オナニー商会に勤める身には、当然の試練とも言えよう。むしろ、射精できただけでも幸運なのだ。

悦楽の余韻にひたりつつ、自らに言い聞かせていたとき、

「いっぱい出ましたか？」

明日香の声にハッとする。

「え？　あ、はい」

返事をすると、彼女がのろのろと起きあがる。そこに至ってようやく、育男は不始末をしでかしたことに気がついた。

「あ、すみません。シーツに──」

多量に飛び散った白濁液が、ベッドの上に卑猥な模様を描いていたのだ。ティッシュを用意して、そこに出せばよかったのに。

「いえ、いいんです。これで」

そう言うと、明日香はシーツに手をのばし、牡の体液を指で摘まみ取った。

(え?)

啞然とする育男の目の前で、かなり粘っこいものを掬っては、左手に集める。そして、白い液溜まりのできた手のひらを鼻先に運び、たち昇る青くささを深々と吸い込んだのだ。

「はあ」

うっとりした表情を見せられ、大いに戸惑う。まさかと思っていると、予想どおりのことが告げられた。

「わたし、いちばん好きなのは、この匂いなんです」

明日香はザーメン臭を嗅ぎながら、右手を秘部へ差しのべた。指を恥割れに沈め、クチュクチュと音が立つほどにかき回す。

「あ、あ、やん。気持ちいい」

泣きそうな声で快感を訴え、指遊びを続ける。上半身は清楚なOLの装いながら、下半身はすべて脱ぎ、女の色香をあからさまにしていた。

淫らこの上ない姿を見せられ、育男は再び劣情に苛まれた。萎えかけたペニスが復活し、天井を向いてそそり立つ。

それに気がつくと、明日香は淫蕩な笑みを浮かべた。

「また大きくなっちゃいましたね」

精液を溜めた左手を、彼女が屹立へと差しのべる。筒肉を握って上下に動かし、白い粘液を全体にまといつけた。

「ううう」

育男は腰をよじって呻いた。自身の体液でヌルヌルとこすられることに抵抗があったものの、それよりも快さのほうが勝っていた。

泡立った白い濁りをまぶされ、ペニスがいっそう禍々《まがまが》しい姿になる。それに怯むことなく、明日香は顔を近づけた。

「あん、すごい……いやらしいわ」

それは見た目だけでなく、匂いのことも言っていたのだろう。小鼻をふくらませ、悩ましげに眉根を寄せたのだから。

洗っていない牡器官と精臭のミックスは、若いＯＬをいっそう淫らにしたようだ。はち切れそうにふくらんだ亀頭に唇を接近させると、いきなり口に入れる。

「あ──」

育男は焦って離れようとしたものの、ちゅぱッと舌鼓を打たれて腰砕けになる。

さらに、舌をねっとりと絡みつかされて、少しも抵抗できなくなった。

あとはだらしなく両脚を投げ出し、歓喜にまみれて胸を大きく上下させるのみ。

「ん……ンぅ」

こぼれる鼻息で陰毛をそよがせながら、明日香は熱心に秘茎をしゃぶった。一度まといつけた精汁を舌でこそげ取り、唾液に混ぜて呑み込む。んくんくと喉の鳴る音が勃起を介して伝わったから、そうとわかったのだ。

(駄目だよ、こんなの……)

悦びに下腹を波打たせながらも、育男は罪悪感を打ち消せなかった。オナニーの手伝いに来ておきながらいやらしい奉仕をさせるなんて、本末転倒もいいところだ。

もっとも、向こうが望んでしているのであるが。

ザーメンの匂いが一番好きだと彼女は言っていたが、それを口に入れたことで発情したのではないか。牡の股間にうずくまり、後ろに突き出したハート型のヒップは、切れ込みのところで指が忙しく動いていた。

（オナニーしてる……）

あるいは、このまま射精に導き、新鮮なザーメンを受け止めると同時に昇りつめるつもりなのか。それならオナペットとしての役割を果たしたことになるなと考えたところで、明日香が顔をあげた。

「ふう……段田さんのオチ×チン、とっても美味しかったです」

愛らしい笑顔で卑猥なことを言われ、どぎまぎする。満足しきった表情だから、これで終わりにするのだろうか。

と、彼女が反り返る筒肉をまじまじと見つめた。

「これ、こんなになっちゃったら、出さないとダメですよね」

言われて、心臓が音高く鳴る。

「あ、ああ、いや」

うろたえたのは、淫らな展開の予感があったからだ。そして、今度はそれが現実となる。

明日香は決心を固めるみたいに唇を引き結ぶと、そろそろと仰向けになった。育男のほうに下半身を向けて。

肉づきのいい下肢が、M字のかたちに開かれる。そのまま両膝が抱えられ、羞恥部分が大胆に晒された。

さっきねぶった恥唇の下には、愛らしいツボミがある。恥ずかしそうにすぼまるそこにも目を奪われたとき、

「いいですよ。挿れてください」

そう言って、彼女が自ら華芯を広げたのである。

鮮やかなピンク色の粘膜がさらけ出される。白い蜜汁がこびりついたそこに、息吹くように収縮する膣口も見えた。

すでに観察し、じっくりと味わったところだ。そんなふうにあらわに見せつけられると、別のもののように感じる。

もちろん、今のほうが断然いやらしい。

(挿れてくださいって……)

明日香の言葉を反芻し、育男はからだが熱くなるのを覚えた。

セックスを求められているのは明らかだ。勃起したペニスをおとなしくさせるのに、二度もオナニーをさせるのは不憫だと思ったのか。

いや、彼女自身が男をほしくなっているように見える。

「さあ、どうぞ」

もう一度促され、育男はビクッとなった。

「い、いや、でも」

躊躇したのは、任務を逸脱しているからだ。まあ、互いの性器を舐めた時点で、とっくにオナニーの範疇を超えていたのであるが。

「わたしはかまいませんので、遠慮なく」

なおも誘いの言葉を投げかけられ、胸の内で葛藤が始まる。

「だけど、おれはこんなことをするために、ここに来たわけじゃありませんから」

「段田さんは、わたしの望みを叶えてくださいました。だから、これはほんのお礼です。それに、下着とソックスもいただくんですから」

そのぶんのお礼は、とっくに終わっている。それとも、これはザーメンを与えてくれたことへのお返しだと言うのか。

「でも、それは……」

なおもためらっていると、彼女は業を煮やしたように告げた。

「オチ×チンが大きなままだと、帰りづらいですよね。遠慮しないで、また精液を出してください。ほら、わたしのオマ×コでオナニーをすればいいんですから」

卑猥な発言に驚くと同時に、劣情がマックスまで高まる。

（オナニーって……）

泉美はセックスを正当化するために、ペニスをバイブの代わりだと言い張った。その逆で、明日香は自身の蜜壺を、オナホールに見立てているのか。

ともあれ、そこまで言われたことで、気持ちがすっと楽になる。

「わかりました。それじゃ、遠慮なく」

育男が膝を進めると、彼女が嬉しそうにはにかむ。細まった目が色っぽい。

（なんだ、明日香さんもしたかったんじゃないか）

男に逃げられてオナニー商会に入ったようだが、異性との交わりを完全に断ったわけではないのだ。何しろ、男の匂いで欲情するひとなのだから。

覆いかぶさると、彼女が首っ玉にしがみつく。耳のあたりをクンクン嗅いでいるのがわかった。

（可愛いひとだな）

たかが匂いを暴かれたぐらいで別れるなんて、もったいない話だ。明日香の元カレを、育男は心から気の毒だと思った。

「挿れますよ」

強ばりきった肉槍を突き立て、彼女の中にずむずむと侵入させる。

「はあぁッ」

嬌声がワンルームに響き渡った。

第四章　後ろだけバージン

1

やはり明日香は特殊事例だったのかもしれない。育男がそう考えるようになったのは、出張の仕事を何回かこなしてからであった。

オナニーの手伝いをすればいいとわかったことで、二回目以降はいくらか気が楽になった。ただ、することは毎回違っていた。

オナニーするところをじっと見ているとか、裸になってポーズを取らねばならないとか、耳元でずっと「いやらしい女だね」「ほら、気持ちいいんだろ」などと辱めの言葉を囁き続けるとか、小百合としたみたいにオナニーを見せ合うとか。

とにかく、会員である女性たちの、様々な要望に応えねばならなかった。

けれど、セックスまでしたのは明日香だけだ。他はオナニーを見せ合ったとき以外は、いくら昂奮させられても射精を許されることはなかった。

(ラッキーだったのは最初だけか……)

ままならないものだと嘆息しても、そもそも女性たちの快感を優先せねばならない立場なのである。自分が満足できなくても、我慢するしかない。

それに、明日香の場合も、その前にたっぷりと辱められたわけだから、プラスマイナスゼロみたいなものだ。

ちなみに、お土産を持参したのも彼女のときだけである。二回目の出張のとき、先に品川へ寄るんですかと泉美に訊ねたところ、あれはもういいわと言われた。

やはり、匂いフェチの明日香に満足してもらうための措置だったのだ。

もしもまた、先にお土産を買うように言われたら、それは明日香の依頼か、彼女と同じ趣味の持ち主かのどちらかだ。

(ていうか、明日香さんはオナニーよりもセックスのほうがいいみたいだしな……)

経験の浅い育男が突きまくっただけで、何度も昇りつめたのだ。今ごろ、好みの匂いの男を見つけ、責められまくってヒィヒィよがっているかもしれない。

それでオナニー商会を退会されたら困る。出張依頼で期待に応え、そのせいで貴重な会員を失うのでは、元も子もない。

どうか会員は継続してくれますようにと、育男は密かに願っていた。

ともあれ、今日も泉美から主張を命じられたのである。行き先は、高級住宅地として有名なところだった。

(ひょっとして、セレブの依頼なのか?)

もっとも、いくら高級住宅地でも、住民全員が金持ちとは限らない。そして、泉美は相変わらず、依頼者のことを事前に明かしてはくれなかった。

「そのほうが、どんなひとかっていうワクワク感があるでしょ?」

と、思わせぶりな笑みを浮かべるのみ。おそらく、新鮮な気持ちで仕事に臨んでほしいという気持ちもあるのだろう。

「あ、それで、これを持っていってちょうだい」

手渡されたのは紙袋であった。包装された品物がいくつも入っている。オナニー用の玩具だろう。

出張がてら商品の配達を頼まれるのは、これが初めてではない。それを使ってオナニーするところを見てほしいと頼まれたこともある。

とは言え、そのときの依頼者は見られることに昂奮する性癖ではなく、初めてで不安だからとのことだった。操作しても動かないとか、挿れたら出せなくなったとか、もしもの場合に対処してほしかったから育男を呼んだらしい。

そうすると、今回も初めてのオモチャというパターンなのか。前のときは見ているだけで何事もなく終わったから、今日もそうなんだろうなと期待を抱くことなく、育男は出発した。

小高い丘の上の住宅地に到着すると、住所のメモを手に依頼者のお宅を探す。やけに立派な佇まいのお屋敷が並ぶところを、不審者みたいにキョロキョロしながら歩いていると、育男は次第に居たたまれなくなった。

（おれみたいなやつが、こんなところをうろついていていいんだろうか）

決してみすぼらしい身なりをしているわけではない。しかし、周囲のセレブな景色と比較すれば、場違いなのは明らかだ。おまけに紙袋を持ち、家々を物色しているのだから、空き巣狙いだと疑われる恐れがあった。

そのうち通報されるのではないかと不安になる。もしもそんなことになって、紙袋の中を見せろなんてことになったら——。

（うわあ、それはまずいって）

育男は青くなった。何しろ中身はいかがわしいオモチャなのだ。どこぞのお宅に侵入し、奥様やお嬢様をこれで凌辱しようとしている不届き者だと誤解されるのは、火を見るよりも明らかだ。

もちろん弁明はさせてもらえるはず。こういうときのために、泉美から身分証をもらっていた。

ところが、そこに書かれているのは「神田オナニー商会」という、ふざけた団体名である。ますます怪しまれること請け合いだ。

まして、オナペットになるために来たなんて言おうものなら、公然猥褻とか公序良俗違反とか、その類いの罪状に問われるに違いない。

これはもう、職務質問を受けた段階で人生終了だ。早く依頼者のお宅を見つけなければと焦ったとき、

（あ、まさか――）

もうひとつの可能性に思い至り、背すじが寒くなる。

（泉美さん、おれを罠にかけたんじゃないだろうな）

依頼があったというのは嘘で、怪しまれて通報され、逮捕されるよう目論んだ

のだとか。

そうしてニュースに取り上げられれば、神田オナニー商会の名前が知れ渡って宣伝になる。たとえ非難されることになっても、悪名は無名に勝るのだ。

つまり、自分は生《い》け贄《にえ》にされるのか。なんてことだと力が抜けるのを覚えたとき、

（あ、ここだ）

あっ気なく家が見つかり拍子抜けする。罠にかけられたのかもというのは、まったくの杞憂だったようだ。不安に苛まれたとは言え、馬鹿なことを考えたものだと、自分が恥ずかしくなる。

（だいたい、泉美さんがそんなことを企むはずがないじゃないか）

疑ってごめんなさいと、育男は胸の内で雇用主に謝罪した。

しかしながら、立派な門の奥にあるお宅を拝見するなり、今度は別の意味で臆することになる。

（本当に、ここに出張を依頼したひとがいるのか？）

とても信じられないと、何度もまばたきをした。

周囲にある建物は、ほとんどが洋風のデザインである。それこそモダンとか、

セレブというカタカナ言葉が似合いそうな。

ところが、くだんのお宅は純然たる和風建築だった。国宝や文化財のように、冒し難い伝統と品格すら感じさせる、重厚なお屋敷。中からいきなり将軍や平安貴族が現れても、まったく違和感がないだろう。

開け放たれた門から見える庭も、庭石や草木が見事に配置された日本庭園だ。今にも鶯の鳴き声や、鹿威《ししおど》しの澄んだ音《ね》が響き渡ってきそうである。

（いや、いくら何でもここじゃないだろう）

何かの間違いだと表札をもう一度確認すれば、二キロぐらいの巨大な蒲鉾《かまぼこ》が作れそうな表札に掘られているのは、間違いなく【飯島《いいじま》】の姓。その下に添えられた住所表示も、メモに書かれたものと同じだった。

（ということは、この家のお嬢様が依頼人なのか？）

メモには「飯島亜衣子《あいこ》」という名前が書かれてある。あるいは奥様なのか。

何か粗相をしたら、この家の主人から切腹を命じられそうだなと、育男はビクビクしながら門の中へ入った。呼び鈴を探したのであるが、門のところには見当たらなかったのである。

（ひょっとして、玄関で『頼もう』とか呼びかけなきゃいけないのかな）

道場破りと間違われて、やっぱり切腹させられるのではないか。腹を切るのは盲腸の手術だけにしてもらいたいと嘆きつつ、石畳を歩いて玄関前に到着する。

正面の戸は開け放たれていた。ただ、玄関口に山水画の描かれた立派な衝立があるため、奥の様子はわからない。こんな光景は、時代劇や京都のお寺でしか見たことがなかった。

そして、やはり呼び鈴がなかったのである。

「ごめんください」

思い切って声をかけたものの、返事がない。もっとも、緊張して掠れ声だったためもあろう。

「ご――ごめんください」

今度は頑張って声を張りあげると、「はい、ただいま」と返答があった。そして、間もなく和服の女性がしずしずと登場する。

落ち着いた灰緑色の着物は、裾のほうに花模様が描かれていた。それに相応しく髪をきちんと結った和風美人は、三十代の半ばぐらいであろうか。

もっとも、和の装いが年齢を高めに見せている可能性がある。なぜなら、化粧っ気のない色白の肌は、透き通るように綺麗だったのだ。

「いらっしゃいませ」

彼女は上がり口に膝をつき、恭しく頭を下げた。おかげで、育男の緊張はマックスに達した。

「あああ、あの、神田オナニー商会から参りました、段田育男と申します」

うろたえ気味に名乗ってから、神田自慰商会と言うべきだったかと、どうでもいいことを考える。オナニーなんて外来語は通用しないどころか、毛唐趣味めと刀を抜かれる気がしたのだ。

ところが、和服の美女はもう一度頭を下げ、

「お待ちしておりました」

と、はっきり答えたのである。

「え、ではあなたが――」

驚いて訊ねると、彼女は目許を恥じらい色に染めた。

「はい。飯島亜衣子でございます」

まさかこのひとが依頼人だったとは。というより、オナニー商会の会員であること自体が信じられない。

育男は茫然となってその場に立ち尽くした。

2

育男が通されたのは、中央に立派な和風座卓が置かれた、十二畳の和室であった。

そこに案内されるまでに、広い廊下を何度も折れ曲がった。途中、ガラス窓の向こうに庭が見える絶景ポイントがあり、また、甲冑《かっちゅう》や日本刀がずらりと並んだ部屋もあった。それらを見学していたら、おそらく一時間以上かかったであろう。

(博物館みたいなお宅だな……)

いや、美術館か。通された部屋も、座卓以外は隅に大きな火鉢があるぐらいだが、襖《ふすま》には見事な書や水墨画が表装されている。それらを眺めるだけで、育男は自身が場違いであることをつくづく思い知らされた。

(だけど、本当にあのひとが、オナニーのためにおれを呼んだのか？)

それが最も信じ難いことなのだ。淑やかさや慎ましさを絵に描いたような美熟女で、そういう行為とはまったく無縁に見えるのに。

亜衣子は育男を部屋へ通すと、いったん下がった。しばらくお持ちくださいと言ったから、お茶でも持ってくるのではないか。

このお屋敷で、彼女がどういう立場なのかまだ聞いていない。けれど、まず間違いなく奥様であろう。

疑問なのは家族構成であった。

かなり広いお屋敷で、いかにも大家族の住まいという感じである。ところが、他に誰かがいる気配はない。

まあ、平日の昼間だから、仕事なり学校なりに行っているのかもしれない。それにしたところで、使用人すらいないようなのだ。

(まさか、あの奥さんが家事をすべてやってるわけじゃないよな)

掃除だけでも大変に違いない。かなりの資産家のようだから、お手伝いさんのふたりや三人や四人、いてもおかしくないはずなのに。

頭の中を疑問符だらけにしながら、とりあえず座卓の脇の座布団に坐っていると、十分ほどして亜衣子が戻ってきた。

「お待たせいたしました」

いちいち膝をついて廊下の障子戸を開けた彼女は、案の定、お茶の載ったお盆を手に室内へ進んだ。

「あ、おかまいなく」

恐縮して頭をさげた育男の前に、茶托《ちゃたく》に載った白い湯飲み茶碗が置かれる。中は実に鮮やかな色の煎茶であった。

(きっと玉露なんだろうな)

たち昇る高貴な香りから、そうに違いないと思う。もっとも、そんなものはこれまで一度も飲んだことがないのだが。

落ち着かない気分を鎮めるため、お茶をひと口飲む。ふうとひと息ついたところで、脇に置いた紙袋が目に入った。

「あ、これ、言付かってきたものですけど」

両手で恭しく差し出すと、亜衣子の頰がポッと赤らむ。何が入っているのか、ちゃんとわかっているのだ。

(やっぱりこのひとが、神田オナニー商会の会員なんだな)

他にこの家の身内がいて、その女性が財力と権力を笠に着た我が儘娘で、接客など面倒なことはすべて亜衣子に任せているのではないかとも考えたのだ。そして、お膳立てが整ったところで、悠々と現れるのではないかとも想像した。

だが、やはり亜衣子自身が会員で、持参したオナニーグッズもすべて彼女が使用するようだ。だとしたら、気になるのはやはり家族のことである。

(もしかしたら、旦那さんを亡くしているのかも)

泉美と同じく未亡人で、家長不在の屋敷を女手ひとつで守っているのだとか。そして、寂しさを紛らわせるために、自慰に耽るのかもしれない。

どこか陰のある容貌から、あり得る話だと思い込む。ならば、オナニー以外でも慰めてあげたほうがいいのではないかと、美しい熟女に憐憫を覚えた。

とにかく、まずは本当にそうなのか、確認する必要がある。

「あの、失礼ですけど、ご家族の方は?」

紙袋の中身をひとつひとつ丁寧に取り出し、座卓に並べていた亜衣子が、問いかけに顔を上げる。

「主人は関西です。使用人は、本日皆、暇を取らせております」

さらりと言われ、予想が外れたことを知った。未亡人ではなかったのだ。

(なんだ。旦那さんは生きてるのか)

家族は夫婦のみらしい。また、普段は使用人がいることもわかった。「皆」ということは、何人もいるわけである。

「関西ということは、出張か何かで？」

「いえ、別宅のほうです」

「別宅……関西にもお屋敷があるんですか？」

こんな立派な家を持ちながら、他にも不動産があるなんて。神様は不公平だとやるせなさを覚える。

だが、そういうことではなかったらしい。

「お屋敷と言いますか、妾宅が」

「しょうたく？」

「側室の住まいです」

大河ドラマぐらいでしか耳にしない言葉なものだから、その意味を理解するのに時間を要した。

（側室って……え、めかけ⁉）

今ふうに言えば愛人のことであると、ようやくわかる。それもどうやら、本妻公認のようなのだ。

戦国武将ならいざ知らず、今の世に側室を持つだけの甲斐性がある男がいるなんて信じられない。それを妻にも認めさせるのだから、単に財力の問題ではなく、度量とか人柄とか精力とか、様々な要素が必要になるはずだ。

まあ、そういう人物でなければ、こんな立派な屋敷には住めないのか。

完全に負けた気分であったが、落ち込むことはなかった。そもそも住む世界が違いすぎるから、まるっきり絵空事としか思えなかったのだ。

ただ、目の前にいる人妻は、紛う方なき現実の存在である。

(そうか。旦那さんが愛人宅にいるときは、自分で慰めるしかないんだな)

彼女にとってオナニーは、ひとときの快楽を求めるための行為ではない。自身の境遇に根ざした、それこそ女の情念を感じさせるものではないのか。何しろ、夫が愛人のところにいる切なさを、紛らわせなければならないのだから。

亜衣子に深く同情した育男であったが、ふと彼女を見て怪訝に思う。座卓に並べられた品々を見つめる目が、やけに輝いていたのだ。

(そう言えば、これって何が入ってるんだろう……)

ひとつひとつ包装されているから、中身はわからない。ただ、電動式のバイブではあるまいと、勝手に決めつける。こういう旧家の和服美人は、昔からあるような張型で自身を慰めるはずなのだ。

「あの……お願いしてもよろしいでしょうか?」

声をかけられ、育男はドキッとした。

「は、はい。何なりと」

「この包み、開けていただけますか？」

「え、おれがですか？」

「ええ。わたしが自分で開くのは、ちょっと……」

目を伏せた人妻は、心から恥ずかしがっている様子だ。淫靡なオモチャを自らの手であらわにすることに、抵抗を禁じ得ないらしい。

「わかりました」

育男がためらうことなく引き受けたのは、こんな上品な奥様がどんなものを注文したのか、単純に知りたかったからだ。

まずは手前の、細長い包みを開く。控え目なサイズの張型かと思えば、普通に電池駆動のバイブであった。ただ、先が尖って全体に細かったのは間違いない。

（この奥様が、こういうものを使うのか……）

意外ではあったが、胸にモヤモヤと劣情がこみ上げる。ギャップがエロティシズムを感じさせたのだ。

続いて、小さめのものを開けると、そちらはスティックタイプのローターであった。あとは普通サイズのローターにバイブ、それから、シリコンの玉が数珠状に繋がったものなど、用途のはっきりしないものもある。他にはコンドームや、小さなボトルに入ったローションも。

結果的に、昔ふうの張型など、ひとつもなかったのである。

（そう言えば、ショップにもそんなものは陳列してなかったか）

そもそも張型なら、このお宅に代々伝わるものがあるのではないか。何人もの女たちの愛液が染み込み、塗装が剝がれた文字どおりの逸物が。

「全部中から出して、使えるようにしてください」

このお願いにも、育男は「わかりました」と応じた。ひとつひとつパッケージから出し、電池駆動のものは電池をセットして、動くかどうか確認する。空箱や包装紙は、紙袋の中に戻した。

「これでよろしいですか？」

訊ねると、亜衣子が「ありがとうございます」と頭を下げた。

情緒溢れる和室の、立派な座卓に並べられた淫具は違和感たっぷりで、そこだけ世界観が異なっている。あたかも、時代劇に金髪美人のチアリーダーが登場したかのようだ。

(ひょっとして、パッケージを開けさせるためだけに、おれを呼んだのか?)

浮かんだ疑問を、まさかと打ち消す。ただ、配達のためにわざわざ依頼した可能性はある。こんな上品そうな奥様が、アダルトショップでバイブを選ぶ場面は想像できなかった。

(あとは、動かなくなったら対処してほしいってところかな)

そんなことを考えていると、亜衣子が「では、お願いします」と頭を下げた。

これには、さすがに狼狽する。

「え、お願いしますって?」

「ここにあるものを、わたしに使ってください」

頰を染めて告げられたことに、軽いパニックに陥る。

「い、いや、使うったって——」

「あの、そのために来てくださったんじゃないんですか?」

淑やかな人妻が、怪訝な面持ちを見せた。

「すみません。ウチの会長の方針で、事前に何も知らされていないものですから」

育男が弁明すると、亜衣子は「そうでしたか」と困惑を浮かべた。だが、かえって思い切りがついた様子なのは、こちらがうろたえているのを見て、優位に立った気がしたからではないのか。

「神田オナニー商会さんには、もともと会長さんと懇意だったこともあって、設立当初から入会させていただいたんです」

和装の美女が口にしたオナニーという単語は、かなりのインパクトがあった。やはり会員になるだけあって、その言葉を用いることに抵抗はないらしい。

(泉美さんと懇意って、どういう関係だったんだろう……)

そう言えば、泉美の亡くなった夫もビルを譲り受けるなど、資産家の家柄だったようだ。その関係で、飯島家とも親交があったのではないか。

「わたしも、夫が年の半分もいないため、自分でいたすことが多かったものですから、多くの情報や商品を手に入れられて、とても重宝しておりました。それで、実は最近、もうひとつの快感に目覚めましたものですから、そちらを開発していただきたいと思ったんです」

亜衣子が淫らな玩具で快感を得る場面は、なかなか想像できなかった。けれど、いたって真面目な面持ちだから、嘘ではないはず。

というより、そんな嘘をついたって、誰の得にもならない。

夫の不在が多い身で、ひとり遊びに興じるというのは理解できる。ただ、もうひとつの快感とは何なのか。

それを訊ねる前に、亜衣子が腰を浮かせる。着物の裾をくつろげ、そろそろとたくしあげた。内側に着ていた襦袢も一緒に。

「え、ちょっと——」

慌てて制止しようとしたものの、ナマ白い太腿があらわになったことで言葉を失う。和装を乱した姿が、この上なく色っぽかったのだ。

そして、「入」の字のかたちに開いた裾の、頂上部分に桃色の恥割れが覗いたものだから、パンティを穿いていないのだと知った。これから行なうことのために、あらかじめ脱いだわけではなく、普段から着物の外側にラインの出るような下着は穿かないのではないか。それに、和服ではノーパンが当たり前だと聞いたこともある。

（ていうか、パイパンなのか？）

秘毛が見えないから、剃っているらしい。あるいは、これが良家の奥様のたしなみなのか。

耳を真っ赤にした彼女が、膝立ちでそろそろと背中を向ける。後ろ側の裾もたくし上げ、もっちりと重たげな臀部を晒した。

（ああ、素敵だ……）

雫をふたつ並べたみたいな、美麗な双丘。色白でなめらかな柔肌は限りなくエロチックでありながら、胸震える感動ももたらした。着物とナマ尻のコントラストが、それほどまでに官能的だったのである。

おまけに、亜衣子は腰を折って両肘を突き、四つん這いのポーズをとったのだ。剝き身の豊臀を育男に向けて。

（マジかよ……）

縦に深い谷を刻んだ熟れ尻は、綺麗な稜線を描いている。芸術的だと賞賛してもいいかたちの良さだ。

その下側、両腿の付け根にあるぷっくりとした丘を分けるスリットは、何もはみ出させていなかった。縮れ毛も見当たらない。やはり剃っているようだ。

パイパン奥様が醸し出すエロティシズムに、育男は現実感を失いそうになっていた。まあ、そもそもこの状況自体が、ほとんどあり得ないものだったのだが。

「――てください」

ぼんやりしていたし、おまけに掠れ声だったから、亜衣子のお願いを聞き逃してしまう。

「え、何ですか?」

問い返すと、豪家《こうけ》の人妻が焦れったげにヒップを揺すった。

「わたしのおしりの穴を……開発してください」

彼女が膝を離し、女豹のごとく尻を高く掲げる。ぱっくりと割れた臀裂の底に、薄いセピア色に染まったアヌスが見えた。放射状のシワが綺麗に整った、高貴な趣さえ感じられる恥ずかしい穴。

(これを、開発!?)

育男はナマ唾を呑み、可憐なツボミを見つめた。

3

淑やかな熟女が、いかにしてアヌスの快感に目覚めたのか。神ならぬ身の育男には知るよしもなかった。

けれど、まったく想像がつかないわけではない。オナニーで秘部をまさぐっていたときに、たまたま指が後ろの穴に触れ、意外と気持ちよかったというところではないのか。

とは言え、開発してほしいと頼むぐらいなのだ。よっぽど快かったのだろう。出張を依頼したのも、デリケートな部分ゆえに、自分であれこれするのが怖いからではないのか。

(つまり、これはおしりの穴用のグッズなんだな)

細いバイブやスティックローターは、膣ではなく肛門に挿れるためのものなのだ。ローションも、そのときすべりをよくするために必要なのだろう。

ともあれ、お願いされたからというわけではなく、魅惑の人妻アヌスを目の前にして、そこにちょっかいを出したくてたまらなくなる。乱暴にしたら容易に傷つきそうに危うく、また可愛らしいものだから、あやしい心持ちになったようだ。

「……ええと、奥さんは、ここをさわったことはあるんですよね?」

訊ねると、彼女は畳に顔を伏せたまま、「ええ」と答えた。

「そのときに気持ちよかったから、おしりの穴でもイケるようになりたいと思ったんですか?」

これには、ちょっと時間を置いてから、「まあ、そうですね」と返答があった。

やはり想像どおりだったらしい。

もっとも、絶頂するようになりたいとまでは、考えていなかったのかもしれない。ただ、秘肛が物欲しげにキュッキュッとすぼまったから、そうなればいいと、たった今思ったようである。

「指を挿れたことはあるんですか?」

「……いいえ」

「じゃあ、先にしっかりほぐしたほうがいいですよね」

かつて読んだ官能小説にアナルセックスの描写があり、事前にしっかり潤滑したあと、指などで挿入に慣らすよう書いてあったのを思いだしたのだ。

「はい、お願いします」

尻をまる出しにした高貴な婦人に求められ、いよいよ胸の高鳴りが大きくなる。こんなに綺麗なアヌスを、好きに悪戯できるのだから。

(いや、悪戯じゃないって)

不埒な欲望を抱く自らを戒め、彼女の真後ろに膝を進める。熟れて色づいた丸みにそっと顔を寄せると、石鹼の香りがした。どうやら、事前によく洗っておいたらしい。

(普段のままの匂いが嗅ぎたかったのに……)

もしも蒸れた汗の臭気や、さらにプライベートな恥ずかしい匂いがあろうものなら、今以上に昂奮させられたはず。女性としてのたしなみは好感が持てるものの、残念でたまらなかった。

まあ、仕方ないかと、育男は人差し指を口に入れた。唾液をたっぷりまといつかせてから、尻の谷へと差しのべる。

ちょん――。

シワの中心を軽く突いただけで、そこがキュッと収縮する。イソギンチャクの触手に触れたときみたいに。

「はううッ」

亜衣子が切なげな声を洩らしたのと同時に、ふっくらした臀部に鳥肌がたった。

(かなり敏感みたいだぞ)

開発してほしいとお願いするのもうなずける。今度は唾液のヌメりを利用して、表面をヌルヌルとこすってみた。

「あ、あっ、いやぁ」

艶腰が落ち着かなく左右に揺れ、息づかいがはずみだす。くすぐったがっているようにも見えるものの、もちろんそれだけではないのだ。

（うう、いやらしい）

いつの間にか硬くなっていたペニスを、育男はブリーフの中で脈打たせた。疼くそれを摑み出し、しごきたい衝動にかられたものの、今はそんな場合ではないとぐっと堪える。

「気持ちいいですか？」

問いかけに、人妻は何も答えなかった。双丘がぷるぷると震えどおしだったから、感じすぎてそれどころではなかったのだろう。

ならばと、柔らかな尻肉に顔を密着させ、アナル舐めに転じる。

「え？」

亜衣子が身を強ばらせ、窺うような素振りを示す。何をされているのか、咄嗟にはわからなかったようだ。

けれど、尖らせた舌先が執拗にツボミをくすぐったことで理解する。

「イヤイヤ、あ――い、いけませんッ」

焦って逃れようとする熟れ尻を、育男はがっちりと抱え込んで離さなかった。

そして、なおもピチャピチャと舌を躍らせる。

「むぅ、だ、だって……ちゃんと、ほぐさなくちゃいけないんですよ」

ねぶりながら伝えても、彼女は納得しなかった。

「で、でも、そんなところを舐めるのは——あああ、い、いけないことです」

ちゃんと洗ったようだし、かまわないと思うのだが。やはり排泄口であるがゆえに、抵抗を拭い去れないのか。

その一方で、洩れ聞こえる声がなまめかしい色合いを帯びてくる。

「だ、ダメ……ううう、あ——そ、そんなにしたら」

呼吸が荒ぶり、火照った艶肌が甘い香りを振り撒く。休みなくヒクつく秘肛は、もっと舐めてと欲しているかのよう。

「ああ、あああ、いや——あ、あっ、くぅううッ」

もっちりヒップがせわしなくはずむ。もはや抵抗よりも悦びが勝っているのは明らかだ。

しかし、それゆえに、これ以上舐められたくなかったようだ。乱れそうで怖かったのだろう。

「お、お願いです。後生ですから、許してください」

そんな古風な言葉を投げかけられると、とても酷い仕打ちをしている気分にさせられる。やむなく、育男は人妻の肛穴から口を外した。

「は——ハァ」

がっくりと脱力した亜衣子が、畳に突っ伏す。肩を大きく上下させ、深い呼吸を繰り返した。

さんざんねぶられたアヌスは唾液にまみれ、いくぶん赤みを帯びている。わずかにぷくっと盛りあがり、あんなに可憐だったものが、やけに淫らな様相を呈していた。

そして、すぐ真下の綺麗なスリットも、合わせ目に透明な蜜を滲ませている。アナルねぶりの唾液が垂れたのかとも思ったが、ミゾに沿ってなぞると確かな粘つきが感じられた。間違いなく、彼女自身がこぼした愛液なのだ。

「あぁン」

亜衣子が豊臀をビクンとわななかせた。

「ここ、すごく濡れてますよ」

「ああ、いやぁ」

「おしりの穴を舐められて、そんなに感じたんですか?」

彼女はクスンと鼻をすすっただけで、返事をしない。ただ、否定もしないから、つまりはイエスということだ。

「ところで、どうしてここの毛を剃ってるんですか？」

気になっていたことを訊ねると、それについては教えてくれる。

「……ウチの主人の趣味なんです」

つまり、夫が剃るように求めたということか。さすがにロリコン趣味ではなく、無毛の性器にエロティシズムを感じてなのだろうが、それで素直にパイパンにするとは、いくら何でも従順すぎる。

おまけに彼女は、夫が愛人を持つことも認めているのだ。女は男に従うものであると、小さいときから教え込まれてきたのではないか。

（そうすると、旦那さんは愛人の毛も剃らせてるのかな？）

いや、そちらは逆にボーボーにして、違いを愉しんでいるのかもしれない。それはともかく、陰毛を剃ったのも夫の命令と知って、育男は亜衣子が不憫に思えてきた。

（旦那さんが愛人のところにいるあいだ、こんな広いお屋敷に残されるなんて可哀想だよ。そりゃ、オナニーでもしなきゃやってられないだろうなあ）

だからこそ、彼女をうんと感じさせてあげなければと、使命感に駆られる。それこそ、アヌスでイケるようになるまで協力してあげなければと思った。

「じゃあ、だいぶほぐれたようですから、今度は指を挿れてみますね」

声をかけると、細い肩がビクッと震える。「は、はい」と、ちょっとうわずったような返事があった。

(痛くしないように、慎重にやらなくちゃな)

育男はローションのボトルを取ると、人差し指の先に垂らした。そして、人妻アヌスをヌルヌルと摩擦する。

「あ、あ、あああッ」

亜衣子があられもなく声を張りあげ、腰を左右に振った。さっき舐めたときよりも、いっそう感じているようだ。

(どんどん気持ちよくなってるみたいだぞ)

これは開発する甲斐があると、秘肛をねちっこくこすり続ける。

「くううう、あ、ああっ、だ、ダメぇ」

切なさをあらわに振り立てられる熟れ尻の、なんて色っぽいことか。煽情的なよがり声も耳にして、育男は今にも爆発しそうに分身を脈打たせた。

(どんどん声が大きくなってるぞ)

慎ましいはずの和装の美女が、あられもなく身悶える。これで本格的にアヌスが開発されたら、いったいどうなるのか。

(誰もいなくてよかったな……家は広いけど、襖や障子戸ばかりだし、絶対に聞こえちゃうよ)

使用人に暇を取らせたのは、こうなることを予期してだったのか。

ローションまみれの指で刺激される後門が、徐々に開いていく感がある。それでも無茶をしてはいけないと、時間をかけてマッサージをしていたとき、
つぷ——。

ほんのちょっと角度を変えただけで、指先が直腸に入り込んだ。

「くぅううううーン」

亜衣子が首を反らせて啼き、白足袋だけ履いた下半身をわななかせる。括約筋もすぼまって、侵入物をキュウキュウと締めあげた。

(わ、本当に入った)

あまりにあっ気なかったものだから、育男のほうが驚いていた。

狭いのは入り口だけで、中は柔らかな粘膜がまといつく感じだ。

とりあえず反応がおとなしくなるのを待ってから、指を小刻みに前後させる。

「あ、あ、あ、ううう」

洩れ聞こえる声は、どこか苦しげだ。挿れるのが早すぎたのかと、育男は心配になった。

それでも、細やかな動きを続けていると、反応がなまめかしいものになる。

「ああ、あ、はふぅ」

切なげな吐息がこぼれだし、臀部にビクッ、ピクンとさざ波が生じる。直腸の入り口（出口？）は、相変わらず強く締めつけていたものの、そこをこすられることで悩ましい快さを得ているようなのだ。

実際、恥割れが透明な蜜をこぼし、今にも滴りそうになっていた。

（本当に、おしりの穴が敏感みたいだぞ）

開発してほしいと頼むのもうなずける。

短いストロークで指を出し挿れしながら、育男は座卓の上を横目で眺めた。電動式のアナルバイブを見て、これを挿入したらいったいどうなるのかと、そら恐ろしいものを覚える。

しかしながら、このまま指ピストンだけで昇りつめるとは思えなかった。かと言って、バイブやローターへ移行するのも時期尚早であろう。まだ肛穴に若干の緊張が残っている。そのくせ、物欲しげにくねるヒップは、早くイキたいとねだっているかのようであった。

ならば、同時にクリトリスを刺激したらいいのではないか。育男はもう一方の手を秘部に差しのべ、敏感な肉芽が隠れているところを指でまさぐった。

「はあああッ」

亜衣子があられもない声をあげ、腰をガクガクと上下にぶれさせる。括約筋の力が強まり、血の流れを止めんばかりに指を締めあげた。

それは、強烈な快感を得ている証しであったろう。

「あ、あっ、イヤッ、だ、ダメですぅ」

頭を振って綺麗に結った髪を乱れさせ、淑やかな奥様が歓喜にすすり泣く。多量に滴った愛液が指を伝い、育男の手の甲まで濡らした。

(ああ、すごく感じてる)

秘肛がきゅむきゅむとなまめかしい収縮を示す。さらに、まといつく内部が指を奥へ誘い込むように蠕動した。

「ふううう、お、おかしくなっちゃいますぅ」

秘苑をビショビショにし、愉悦の極みへと昇ってゆく亜衣子は、熟れたボディから牡を誘う媚香を放っていた。甘く悩ましいそれを嗅ぐことで、アナル責めがねちっこくなる。秘核をこする指が速度を上げ、ピストンの振れ幅も大きくなった。

「あああ、ダメ、お、おしりがぁ」

もちろんクリトリスでも快感を得ているはずだが、それよりもアヌスのほうが快いようだ。臀部のさざ波が大きくなり、尻割れが忙しく閉じる。粘っこいラブジュースが、糸を引いて雫を垂らすまでに湧出量を増やした。

(もうすぐイキそうだぞ)

彼女の反応をしっかりと見極めながら、育男は愛撫を続けた。歓喜の波が女体を侵略し、間もなく全身を包み込む。

「ああ、あ、だ——ダメダメ、い、イクぅううううッ!」

嬌声を張りあげ、亜衣子がオルガスムスに達する。着物姿で尻をまる出しにした、あられもない格好で。

「う、うう……はあ——」

彼女は大きく息を吐くと、脱力して畳に突っ伏した。熟れ尻が前に逃れ、アヌスと秘部の指がはずれる。

直腸に入り込んでいた指には、泡立ったローションが付着しているぐらいで、特に汚れなど見当たらない。事前に中も綺麗にしておいたのか。

ただ、濡れた指に鼻を寄せると、発酵しすぎたヨーグルトのような悩ましい匂いがあった。

（これが奥さんの——）

おそらく本人も知らないであろう秘密の香り。ひどく動物的で生々しいのに、なぜだかゾクゾクさせられる。

下半身を晒したまま、ハァハァとせわしない呼吸を続ける人妻を見おろし、育男はブリーフの中の分身を痛いほど膨張させた。

4

絶頂後、しばらくぐったりとしていた亜衣子が、のろのろと身を起こす。まだ余韻が続いているらしく、ぼんやりした眼差しであった。

それでも、育男と目が合うなり、うろたえて恥じらう。

「わ、わたし……」

泣きそうに顔を歪め、今さらのように乱れた裾を直そうとする。しかし、すぐに諦めたのは、アヌスの開発まで道半ばであることを思い出したからか。

「気持ちよかったですか?」

問いかけに、彼女はコクンとうなずいた。

「いつものオナニーと比べてどうですか?」

続けて質問すると、わずかにためらう表情を浮かべたものの、

「今のほうが……」

と、掠れ声で答えた。

「いつもの気持ちよさが一〇だとすると、今のは?」

「……五〇。ううん、一〇〇ぐらいです」

答えてから、頬を紅潮させる。十倍も良かったと感じさせるほどに、快感が凄まじかったということか。

「つまり、それだけおしりの穴が感じるってことなんですね」

育男の言葉に、亜衣子が瞳を潤ませる。小さくうなずいてから、座卓上の淫具に視線を向けた。

《今度は、これで――》

口に出さずとも、淫靡な眼差しがそう訴える。もちろん、育男に異存はない。

「じゃあ、今度は仰向けに寝てください」

告げると、人妻が怪訝そうな面持ちを見せた。さっきと同じように、四つん這いのほうがやりやすいのではないかと思ったのだろう。

それでも、快楽への期待を目に浮かべ、畳にそろそろと身を横たえる。両膝を抱えるよう指示すると、素直に従った。

仰向けのポーズを望んだのは、彼女が悦びに溺れる顔が見たかったからだ。そして、おしめを替えられる赤ん坊のような格好にも、劣情が煽られる。

「うう、いやぁ」

亜衣子が羞恥の嘆きをこぼす。性器ばかりか肛門までも無防備に晒し、屈辱を覚えているのだろうか。

だが、わずかにほころんだ恥芯は、新たな蜜汁を滴らせていた。案外、男に支配されることに、喜びを感じているのではないか。

(だから旦那さんの言うことにも、素直に従うんだとか)

そんなことを考えながら、育男は座卓にあった淫具のひとつを手に取った。アヌス用の細いバイブである。ローションを垂らしてから、放射状のシワの中心に尖端を当てる。

「うう」

彼女が小さく呻き、可憐なツボミを引き絞る。それに連動して、秘割れもなまめかしく収縮した。溜まっていた淫蜜が垂れて会陰を伝い、侵されようとしている秘肛も濡らす。

「挿れますよ」

声をかけ、バイブを前に出す。先に指を受け入れた後穴は、それとほぼ変わらぬ太さの器具を、やすやすと受け入れた。

「あうう」

臀部を浮かせ気味にした亜衣子が、呻きをこぼす。あとは息を詰めたようにじっとしていたのは、へたに動いたらバイブで直腸を傷つけられるかもしれないと恐れたからではないのか。

持ち手までの、アヌスに挿入できる部分の長さは、十数センチぐらいであろう。その半分近くまで挿れてから、育男はスライド式のスイッチをＯＮにした。

ブブブブブ……。

小さなモーター音が聞こえるなり、

「あああああ、あ、いやぁ」

亜衣子が乱れた声を発した。抱えられた膝もワナワナと震える。表情もだらしなく蕩け、かなり感じているふうだ。

（うう、いやらしい）

着物を乱して恥ずかしいところを全開にし、おしりの穴にバイブを突っ込まれてよがるなんて。あんなに淑やかだった人妻がここまではしたない姿を見せるのは、アナル感覚がそれだけ研ぎ澄まされているということなのか。

事実、バイブを小刻みに動かすと、彼女はますますあられもない反応を見せた。

「イヤイヤ、あ、ああっ、へ、ヘンになるぅ」

大きな声をあげ、身をくねらせる。直腸内の振動がもたらす愉悦に翻弄され、じっとしていられなくなったようだ。

（そんなに気持ちいいものなのかな）

だったら自分も試してみようかと、育男はふと考えた。しかし、そんなものに目覚めたら、危ない道にはまってしまう恐れがある。それこそ、カマを掘られることを求めて、新宿二丁目をうろつくようになるとか。

せっかく童貞を卒業して男になったのだ。尻の童貞まで捨てる必要はない。余計なことを考えるんじゃないと自らを叱りつけ、人妻を悦ばせることに専念する。

今度はバイブをゆっくり動かして、特に感じるポイントがないかと探した。

すると、

「はあああっ！」

ひときわ派手な嬌声がほとばしる。それはアヌスから五センチほど入ったところであった。

（ここが感じるみたいだぞ）

バイブを動かさずに、その位置で止める。

「あ、だ、ダメ——そこ、感じすぎるぅ」

亜衣子はむっちりした熟れ腿を震わせ、華芯をなまめかしくすぼめた。呼吸が忙しくはずみ、膝を抱えているのもつらそうだ。

尖端の細いところが、感じるポイントを刺激しているらしい。好奇心に駆られ、育男はバイブを固定したまま、もう一方の手の人差し指を口に含んだ。唾液で濡らしてからまさぐったのは、秘肛ではなく膣のほうだ。

「くうううぅ」

ふたつの穴を同時に侵され、人妻が苦しげな声を洩らす。快感が一転、苦痛に変わったかにも見えた。

ところが、膣内の指を直腸側に軽く曲げ、バイブの尖端が当たっているところを圧迫するなり、

「あああああっ、そ、そこぉッ」

艶腰がガクンガクンと跳ね躍った。

（あ、動いてるのがわかるぞ）

細かな振動が、思ったよりダイレクトに感じられる。膣と直腸のあいだは、けっこう薄いようだ。

さらに、膣側の指を動かすことで、悦びの反応がいっそう派手になった。

「ああっ、はっ、あくぅう、う、いやぁ」

膝から下をジタバタさせて、亜衣子が駄々っ子みたいによがる。だが、官能の色に染まった顔は、情欲をあからさまにした女そのものだった。

「ダメダメ、あ、ああっ、おしりの中が――く、ふうううッ」

煽情的な乱れっぷりに、股間のシンボルが雄々しく脈動する。しかし、両手が塞がっているため、ズボンの上から握って落ち着かせることができない。

育男はもどかしさから、亜衣子と同じように腰をくねらせた。

（ああ、もう）

ペニスの疼きを持て余しつつ、アナルバイブをくちくちと一、二ミリ程度の振れ幅で動かす。粒立った柔ヒダが守る膣壁もほじると、熟れ妻が「くはっ」と喘ぎの固まりを吐き出した。

「イヤイヤ、感じすぎるぅ」

涙を流して総身を震わせる亜衣子が、両膝をぐっと抱え込んだ。それにより、陰部が上向きになる。口ではイヤイヤと言いながら、もっとしてと望んでいるかのようだ。

(よし、だったら)

育男は膝を進め、浮きあがった艶腰の下に入れた。ヒップが沈まないようにしてから、バイブと指をほぼ真上から突き立てる。

「あ――ふはっ、あああ、ふ、深いぃ」

侵入している部分の長さは変わっていないのに、腰が上向いたことで、より奥へ入り込んだように感じたのか。体勢的には苦しそうながら、快感が高まったから気にならない様子だ。

(よし、またイカせてあげよう)

育男は膣の指を抜いた。白い淫液がべっとりと絡みついており、熟女の昂奮の度合いをあからさまにしている。

「ううう」

亜衣子が切なげに唸る。どうして指を抜いたのかと、焦れているのだ。

もちろん、これで終わらせるつもりはない。

育男はスティックタイプのローターを手に取ると、片側の端にあったボタンを押した。ブルブルと振動を始めたそれを、指の代わりに女窟へ埋没させる。

「ひゃあああああッ!」

あられもない声を張りあげ、彼女は浮かせた腰を跳ね躍らせた。体内で暴れるふたつのバイブが、激烈な快感を呼び起こしているようだ。

「つ、強すぎる、それ……ああっ、だ、ダメぇ」

下半身の痙攣が止まらない。これはすごいぞと息を呑んだ育男が見つめる前で、

「い――イクっ、ひぐぅっ、う、くうううぅっ」

女体がアクメに達する。汗ばんだ柔肌を震わせ、甘ったるい女くささをたち昇らせた。

だが、育男はバイブを抜かず、そのまま動かし続けた。

「くはっ、は、はぁ……も、もういいの」

亜衣子が気怠げに訴える。絶頂して敏感になっているらしき陰部を、ビクッ、ピクッと震わせた。

けれど、直腸と膣への刺激が、彼女をまたも快楽の高みへと押しあげる。

「イヤイヤ、い、イッたばかりなのにぃ」

ハッハッと呼吸を荒ぶらせ、女芯を強くすぼめる。そんなことでローターの振動を止められるわけもなく、熟女妻はまたもオルガスムスを迎えた。

「イクイクイク、い、イクぅううッ！」

甲高い嬌声をほとばしらせて昇りつめる。宙を差した爪先が、今にも攣りそうにわななないた。

（まだまだ——）

育男は淫具をはずすことなく、続けざまのエクスタシーを彼女に味わわせた。ローターの脇から白く濁った蜜汁がじゅくじゅくと溢れ出すのを見つめながら。

「も——もう、ダメ。やめてください。あぁあ、く、苦しい」

顔を真っ赤にした亜衣子が懇願したのは、五度目の頂上を迎えたあとだった。さすがにこれ以上は可哀想かと、まずはローターを抜く。

「はあ……」

深く息をついた彼女が、裸の下半身をブルッと震わせる。まだアヌスのバイブが残っているが、そちらは慎重に後退させた。デリケートな器官を傷つけてはまずいと思ったのだ。

「くうう」

人妻が呻く。指と変わらぬ細いものでも、直腸から出ることで奇妙な感覚が生じるようだ。

細い尖端が外れた瞬間、秘肛がぷくっと盛りあがった。赤みを帯びたそこは、すぐに元の可憐なツボミに戻る。

「ふう……ハァ」

気怠げに息をはずませる亜衣子が瞼を閉じ、抱えていた膝を離した。汗で濡れた額にほつれた前髪が張りついて、やけに妖艶な面容である。

育男は彼女から離れ、手足をのばせるようにした。下半身をあらわにしたまま、ぐったりして仰臥する和装の人妻を尻目に、アナルバイブを観察する。わずかに泡立った粘液をこびりつかせたそれに、他の付着物は見られなかった。

だが、鼻先にかざすと、生々しい発酵臭がプンと漂う。アヌスに挿れた指よりも強く匂っているのは、それだけ長い時間挿入していたからか。

(すごい……いやらしい——)

猛りっぱなしのペニスが疼く。美熟女のあられもないプライベート臭に、惹かれずにいられない。それを嗅ぎながらオナニーしたいという切望が、狂おしいほどにこみ上げた。

5

「……何をしているんですか？」

いきなりの問いかけに、ハッとして亜衣子を見る。トロンとした眼差しながら、眉間に訝るようなシワが刻まれていた。

「い、いえ、何も」

育男は焦ってバイブを座卓に戻した。匂いを嗅いでいたのがバレたのかと、冷や汗を滲ませながら。

「あの、おしりの穴は、もうだいぶ開発されたと思うんですけど」

それとなく話題を変えると、彼女が「ええ……」とうなずく。だが、まだ物足りないのか、迷いを浮かべた。

「あの、もうちょっと太いもので――」

言いかけて言葉を濁したのは、さすがにはしたないと感じたからか。

(太いものって……)

育男は座卓の上に視線を向けた。そこにはさっき使用したアナル用の他、普通サイズのバイブもある。それを挿れてほしいというのだろうか。

(まあ、充分にほぐせば、だいじょうぶかもしれないけど)

そんなものを欲するまでに、肛門の快感に目覚めたということか。

と、亜衣子がノロノロと身を起こす。こちらをじっと見つめてきたものだから、育男はどぎまぎした。

「な、何ですか?」

彼女は質問に答えず、視線をすっと下げる。その先には、みっともなく盛りあがった牡の股間があった。

「あ、す、すみません」

焦ってからだの向きを変えた育男であったが、人妻の手がのばされてきたものだから大いに焦る。

「え? あ、あの――うううッ」

牡の隆起を柔らかな指で捉えられ、たまらず呻く。ずっと昂奮状態にあって疼いていたものだから、ズボン越しのタッチでもやけに感じてしまったのだ。

「こんなに大きくなっていたんですね」

握り込んだ手に強弱をつけながら、亜衣子が申し訳なさそうに言う。

「あ、お、奥さん」

「ごめんなさいね。わたしばかり気持ちよくなって」

彼女が高まりから手をはずす。これで終わりなのかと落胆しかけたものの、続いてズボンのベルトを弛めだしたものだから期待が高まった。

（え、それじゃ――）

昂奮状態にある年下の男に憐憫を覚え、勃起を処理してくれるのだろうか。

亜衣子はファスナーをおろすと、ズボンに両手をかけた。脱がされるのだと悟り、育男は反射的に腰を浮かせた。

「いいですよね？」

許可を求める声に、「は、はい」と返事をする。すると、中のブリーフごと、一気に膝まで引き下ろされてしまった。

ぶるん――。

猛る肉根が勢いよく反り返り、下腹をペチンと叩く。

「ああ……」

感に堪えない声を洩らした熟女が、強ばりきったものに指を回す。しなやかでしっとりした感触は、喩えようもない愉悦をもたらした。

（あ、あ、まずい）

たちまち危うくなる。脳が蕩け、腰がカクカクと揺れた。

「お、奥さん」

息を荒くして呼びかけると、

「あ、ごめんなさい」

亜衣子がすぐに指をほどいてくれる。ペニスがかなり脈打ったから、爆発しそうであるとわかったようだ。

「立っていただけますか」

言われて、フラつきながらも従うと、ズボンとブリーフを完全に脱がされた。

「とても立派ね」

前に正座した人妻が、うっとりした面差しでそそり立つものを見つめる。

無骨な肉器官の向こうに、和風美女の綺麗な顔があった。そのコントラストにゾクゾクさせられ、陽根がしゃくり上がる。

おまけに、彼女は熟れ腿をあらわにしているのだ。娼婦の趣を醸し出す淑やかな美熟女に、劣情を煽られずにいられない。

一方、力を漲らせた秘茎を間近で眺め、亜衣子も牝の欲望を燃えあがらせたのではないか。再び手をのばし、筋張った肉胴に細い指を絡める。さっき危うくなったのを思い出したのか、遠慮がちな触れ方であった。

それだけに、もどかしさが募る。

(ああ、もっと——)

焦れたとき、彼女がいきなり牡器官に顔を近づけたものだから、育男はドキッとした。フェラチオをされるのかと思ったのだ。

しかし、艶めく唇が寄せられたのはペニスではなく、真下の陰嚢であった。

「くううう」

育男が呻き、膝を震わせたのは、玉袋にキスされたからだ。

縮れ毛にまみれたシワ袋に、清らかな唇が触れている。さらに、はみ出した舌がチロチロと舐めくすぐった。

(ああ、そんなところに)

申し訳なくてたまらないのに、背徳的な悦びが高まる。否応なく、屹立を雄々しく脈打たせてしまう。

肉棹に舌を這わせないのは、刺激を与えて射精したらまずいと考えてなのか。ただ焦らしているわけではなさそうだ。

『ごめんなさいね。わたしばかり気持ちよくなって――』

人妻の言葉が蘇る。

(じゃあ、奥さんはおれと……)

あるいはセックスをするつもりなのか。ずっと快感を与えてくれてたお礼にと。

実際、亜衣子は牡の急所を愛でるのをやめると、座卓の上からコンドームの箱を取った。パッケージを開けて個包装の包みを破き、ピンク色の薄ゴムを甲斐甲斐しくかぶせてくれる。

(やっぱりそうなのか!)

ナマでないのは残念だが、美熟女と交われることに胸がはずむ。分身が期待で力強く漲った。

避妊具を装着したペニスは、やけに卑猥に映る。これから女体に侵入することを前提とした姿だからか。

ゴムに透ける肉器官に、亜衣子も濡れた眼差しを注ぐ。再び仰向けで寝そべると、両膝を抱えて陰部を上向きに晒した。先ほどと同じくアヌスまでも晒す、大胆なポーズだ。

無毛の華芯はしとどに濡れ、鈍い光を反射させる。そこに分身を突き立てでもいいのだと思うだけで、無性に身悶えしたくなった。

「挿れてください」

頬を染めてのおねだりに、育男は「は、はい」と急いた返事をした。天にも昇る心地で膝をつき、反り返る肉茎を前へ傾ける。

ところが、コンドームの張りついた亀頭を恥割れに触れさせるなり、彼女が焦りを浮かべた。

「あの、そこじゃなくて、おしりに——」

「え?」

きょとんとなった育男であったが、何を求められているのかをようやく理解する。

(じゃあ、もっと太いものでっていうのは、おれのチ×ポのことだったのか)

普通サイズのバイブもあるけれど、それだと肛門が傷つきそうで躊躇したのかもしれない。だが、ペニスであれば、無機質なプラスチックとは異なり、安心できる心持ちがしたのではないか。

「あ、はい。わかりました」

膣に挿入できないと知って落胆しつつ、狙いを下へ修正する。もっとも、初めてのアナルセックスを体験できるのだ。これはこれでいいじゃないかと思い直した。

何しろ、淑やかで美しい人妻のアナルバージンをいただけるのだから。

いったん結合の体勢になったものの、育男はちょっと考えて、秘肛にあてがった亀頭をはずした。だいぶほぐれたとは思うものの、念のため潤滑したほうがいいと思ったのだ。

ローションをコンドームの外側にたっぷりと塗り、熟女のアヌスにも垂らす。改めて穂先を侵入口に密着させると、上下に動かして馴染ませた。

「う……ああ」

充分に開発されたツボミを、亜衣子はくすぐったそうにすぼめた。表情に不安は見られない。指やバイブを挿れられたあとであり、異物を受け入れることにためらいはなさそうである。

むしろ、眼差しに期待が浮かんでいる。どれほど気持ちいいだろうと、今からワクワクしている様子だ。

「挿れますよ」

告げると、彼女が「ええ」とうなずく。その瞬間、わずかながらだが、緊張の色が見えた。

脚を開いた正座の姿勢で、育男はそろそろと前へ進んだ。切っ先が閉じた孔を圧し広げ、徐々に広げる。抵抗は強くないものの、だからと言っていきなり突入するわけにはいかない。

亜衣子が息を詰めているのがわかる。ローションのヌメりに助けられ、亀頭がずいっ、ずいっと狭まりを侵した。

間もなく、裾の部分がぬるんと入り込む。

「ああん」

悩ましげな喘ぎとともに、くびれが強く締めつけられた。

「むうう」

育男も呻いた。人妻の初めてを奪った感動と、括約筋が与えてくれる快さに、危うく昇りつめそうになる。

（まだだ――）

自らを励まし、残り部分もずむずむと押し込む。

「あ、あ、くぅうーン」

亜衣子が下腹をヒクヒクと波打たせた。

（よし、入った）

アヌスを攻略した喜びが胸に満ちる。

感触は指を挿れたときと同じ。狭いのは入り口だけで、内部はぴったりとまといつく感じだ。

快感そのものは、ノーマルな交わりのほうが断然上だろう。だが、これがアナルセックスなのかと、初体験を遂げた感動は大きい。

亜衣子はしばらく呼吸をはずませていたものの、それが落ち着くと悩ましげに眉根を寄せた。

「動いてみてください。あの、最初はゆっくりと」

やはり悦びを求める気持ちが強いらしい。ピストンをねだり、剝き身の腰をなまめかしく揺らした。

「わかりました」

育男は深呼吸をひとつしてから、腰をそろそろと前後に動かした。初めは短いストロークで抽送し、動きがスムーズになったと感じられたところで、振れ幅を大きくした。

「あ、うう……ん、はあ」

さすがに、いきなりよがりだすことはなく、亜衣子は瞼を閉じて控え目に喘いだ。自身の内に湧き起こる感覚を見極めようとするかのように、敬虔《けいけん》な面持ちすら見せながら。

その表情が、間もなく歓喜に蕩け出す。

「あ、あ、あう、あ――はああ」

洩れる声が艶めいて、頬に赤みが差す。杭打たれたヒップを切なげに揺すり、フンフンと小鼻をふくらませた。

(感じてるんだ)

肛門で牡を受け入れ、身をくねらせる美しい熟女。高価そうな召し物をはしたなく乱し、白足袋の爪先で宙を引っ掻く。

「ああ、あ、いいの、これ……ううう、お、おしりが熱いのぉ」

すすり泣き交じりのよがり声に、育男も劣情を沸き立たせた。

みると、ゴムで包まれた肉根が出入りする真上、ほころびかけた女陰が透明な蜜汁を多量に溢れさせていた。見ているあいだにも、表面張力の限界を超えたぶんが会陰のほうに滴る。

(ああ、こんなに濡らして)

酸味を含んだ恥臭がたち昇ってくる。かぐわしい女くささにもうっとりして、ピストンの速度が上がった。

「あん、あん、そ、それいいッ」

直腸を深々と貫かれ、括約筋が嬉しそうに締めつけてくる。淫汁を垂らす華芯がぱっくりと開き、小さな花弁をはみ出させた。

まるで、こっちも可愛がってほしいとせがむみたいに。

(いやらしすぎる……)

淫らな光景に幻惑されそうになったとき、亜衣子がいきなり座卓を指差した。

「ね、あ、あれを取ってください」

「え、あれって?」

「さっき、おしりの穴に入れたものより、太いやつを」

どうやら普通サイズのバイブのことらしい。何をするのかと首をかしげつつ、それを取って手渡すと、彼女は目の前にかざしてスイッチを確認した。

ピンク色でスケルトンのそれは、持ち手と本体の境目あたりにクリトリスを刺激する突起が付いた、オーソドックスなものだ。亜衣子がスイッチを入れると、まず頭部がくねくねと動きだす。

「イヤぁ」

生々しい動きに眉をひそめ、彼女がスイッチを切り替える。今度は全体がブルブルと振動しだした。

麗《うるわ》しの熟女は、それを自身の秘苑へあてがったのである。

（え、挿れるのか？）

アヌスだけでなく、膣への挿入も望んでいたのか。だったら、おれに挿れさせてくれればいいのにと、育男は不満を抱いた。

だが、彼女は人妻なのである。たとえ夫が愛人をこしらえても、寂しさをオナニーで紛らわせるほどに貞淑なのだ。それゆえに、他の男のモノを受け入れるわけにはいかなかったのではないか。

（つまり、おしりの穴ならかまわないってことか）

コンドームも装着したから、バイブと似たようなものという感覚なのかもしれない。ともあれ、亜衣子は溢れるラブジュースで淫靡な玩具を潤滑すると、蜜穴に深々と突き立てた。

「くふぅううううーン」

白い喉を見せ、長い喘ぎ声を吐き出す。彼女は太腿をぷるぷると震わせて、熟れたボディを歓喜にひたらせた。

(こんないやらしいことまでできるようになるなんて)

少なくとも、こちらのお宅に訪問したときは、ここまで大胆な女性には見えなかった。アナル感覚に目覚めたおかげで、ほんの短時間で淫らな女になってしまったというのか。

前門のバイブに、後門のペニス。またも二穴を同時に責められ、亜衣子が「イヤイヤ」とよがる。淫具の持ち手をしっかりと握り、自らリズミカルに出し挿れしているのだから、イヤも何もないもんだ。

「ああ、あ、感じる……くううう、お、おしりがぁ」

快感が大きいのは、やはり秘肛のほうなのか。ただ、膣への刺激が、それを高めているのは間違いない。

そして、振動を与えられるのは育男も同じだった。

(うう、ヤバいかも)

奥歯を嚙み締め、ふくれあがる射精欲求を抑え込む。膣内のバイブの動きが、直腸内のペニスにも伝わっていたのだ。

だからと言って、バイブを抜いてくれとは頼めない。彼女はかなり高まっている様子だ。少なくともオルガスムスに達するまでは、我慢するしかあるまい。

もちろん、ピストン運動を緩めることもできなかった。

早く絶頂してくれと願いつつ、腰を前後に振る。出入りするコンドームの表面に、泡立った白い粘液がまつわりつきだした。

「うう、あ——すごいのぉ、中がジンジンするぅ」

あられもない声をあげる亜衣子は、育男がペニスを後退させるとバイブを奥まで挿れ、アヌスを突かれると抜く。ふたりで餅つきをするみたいな、絶妙なタイミングで愉悦を高め、裸の腰をくねらせた。

「イヤイヤ、あ、いいの、イキそう」

頂上が迫ったことを口にするなり、女体がワナワナと震え出す。

「ああ、い、いい、すごいの来るぅ」

最後に限界までバイブを突き入れ、美熟女が喜悦の声を張りあげた。

「イッちゃう、イクイクイク、も——ダメぇえええ！」

白目を剝かんばかりの激しいエクスタシーに引き込まれ、育男も限界を迎えた。

「おおお、で、出る」

たっぷり焦らされたあとだけに、快感はかなりのものだった。意志とは関係なく腰が動き、強烈に締めつける括約筋に負けじと、分身を出し挿れさせる。

ドクッ、びゅるんッ、どくん——。

火の点きそうな摩擦が、目のくらむ射精感をもたらす。放出はなかなか止まず、体内のエキスをすべて搾り取られる心地がした。

それゆえ、脱力感も大きい。

「くはっ、はあ、ハァ……」

大きく息をつき、喉をゼイゼイと鳴らす。全身が気怠く、すぐにでも横になりたかった。

多量に放精したことで、ペニスが急速に萎む感じがあった。このまま萎えてしまったら、避妊具を直腸内に残す恐れがある。

焦って引き抜いたものの、軟らかくなった分身は恐れたとおり、コンドームから抜けてしまった。元どおりにすぼまった秘肛から、張りを失ったピンク色のゴムのみが垂れている。

(あ、しまった)

幸いなことに、ザーメンはこぼれなかった。直腸に嵌《は》まったゴムの中に溜まっているらしい。アヌスがしっかり閉じているから、堰《せ》き止められているのだ。

育男はコンドームの口のところを指にしっかりと巻きつけ、そろそろと引っ張った。

「うう……」

歓喜の余韻にひたっていた亜衣子が、うるさそうに呻く。無意識の抵抗なのだろう、括約筋がキュッと締まった。

ゴムがかなり伸びても、内部に残ったぶんがなかなか現れない。多量にほとばしらせたから、液溜まりがふくれているに違いなかった。

それでも、このままでは切れるのではないかと危ぶまれたところで、パチンとはずれる。

「あん」

人妻が悩ましげに眉根を寄せ、後穴を引き絞った。

思ったとおり、白濁液はかなりの量であった。精液溜まりに収まりきらず、先端部分を満たしている。優に二回分以上もあったのではないか。

（うわ、こんなに出たのか）

我ながらあきれつつ、口をしっかりと縛る。どこに捨てればいいのかと部屋を見回したとき、亜衣子が目を開けた。

「……とてもよかったです。素敵でした」

育男を見つめ、うっとりした口調で言う。今度こそ、充分に満足したという顔つきであった。

（期待に応えられたみたいだな。よかった……）

安堵した育男であったが、彼女が怪訝そうに目を細めたものだから（え？）となる。

「あの、それ――」

視線の先には、手にぶら下げた使用済みコンドームがあった。

「ああ、えと、これ、どこに捨てればいいんですか？」

訊ねると、亜衣子が身を起こす。今度は着物の裾を丁寧に整えると、座卓の下にあったティッシュを出した。木製のケースに入っていたから、気がつかなかったのだ。

育男がコンドームを薄紙に包むと、彼女も使ったあとのバイブを清める。おしりに挿れたものや、ローターも綺麗にした。

それから、改めて最後に使った淫具を手に取り、首をかしげる。

「これ、もうひとつお願いしたほうがいいですね」

「え、どうしてですか？」

問いかけに、人妻は答えなかった。頬を恥じらいに染め、横目で睨んでくる。

（あ、そうか。これを前と後ろで同時に使うんだな）

細いアナルバイブでは、もはや満足できないということか。たった一日でここまでになるなんて、初めて顔を合わせたときには予想すらできなかった。

「あの、また配達がてら、出張をお願いしますね」

亜衣子が淫蕩な笑みを浮かべて依頼する。二本のバイブを刺されて悶える美熟女の姿がありありと浮かび、育男はコクッとナマ唾を呑んだ。

第五章　オナニーよ永遠なれ

1

その日、育男が神田オナニー商会へ出勤すると、泉美は不在だった。

いつもはショップのレジのところにいるか、会長室で仕事をしているのである。

ところが、レジにいたのは小百合のみ。

「泉美さ——えと、会長は？」

育男が訊ねたところ、

「きょうはいないんです」

と、恥じらいの面持ちで告げられた。

「え、いないって？」

「ええと、急用ができたからって」

「そうなのか……」

育男は我知らず眉をひそめた。

今日は、事前に何をすると言われていたわけではない。集会も出張もないはずだから、他の雑用だろうと思っていた。

よって、泉美がいないとなると、何をすればいいのかわからない。

（ショップは小百合ちゃんがいるし、ますますすることがないぞ）

もっとも、仮に小百合がいなくても、レジをするわけにはいかない。何しろお客は、会員の女性たちなのだ。男がいたら恥ずかしくて買えないだろう。

まあ、特A会員の、育男にオナニーを見せつけたひとたちなら、かえって嬉しがるかもしれないが。

どうすればいいのかと迷っていると、それまでモジモジしていた小百合が口を開いた。今日は珍しく膝上の白いミニスカートで、縦縞のシャツと合わせて爽やかな装いである。

「あの……ちょっといいですか？」

「え、なに?」

「実は、段田さんにお伺いしたいことがあったんです」

上目づかいで告げられ、胸が高鳴る。ひょっとして愛の告白なのかと、先走ったことを期待してしまった。

だが、年上として、うろたえるわけにはいかない。

「ええと、何かな?」

精一杯平静を装って訊ねたものの、声が若干震えていただろう。

「あの……段田さんはわたしのこと、エッチな女の子だって思ってますか?」

これに、育男は「へ?」と、間の抜けた反応をした。

「いや、べつにそんなことは……だけど、どうして?」

「だって——」

小百合が口ごもる。潤んだ瞳で見つめられ、ようやくそういうことかと理解した。

「それって、最初のときにオナニーの見せっこをしたから?」

ストレートな質問に、彼女が泣きそうに顔を歪める。

「それだけじゃなくて……あのとき、母がいろいろ言ったじゃないですか。男のひとの、その、そういう行為に興味があるとか、男のひとのアレを見ながら……するのが好きだとか」

「ああ、そうだったね」

育男はうなずきながらも、モヤモヤした昂ぶりを覚えていた。彼女はひどく曖昧な言い方しかしていないというのに。

（あれ、どうしてだろう？）

少し考えて、そういうことかと理解する。

これまで泉美を初め、オナニー商会の女性会員と交流する中で、さんざん淫らな言葉を聞かされてきたのである。ところが、小百合はまったく口にしていない。それこそ、オナニーという単語すらも。

そのため、かえって新鮮で、エロチックに感じられたようだ。無修正のエロ動画に慣れきったあと、ほんのおとなしいパンチラに昂奮するのと似たようなものか。

ともあれ、愛らしい女子大生が、出会った日のあれこれをずっと気にしていたと知り、育男はますます彼女が好きになった。

（本当に純情なんだな）

オナニーするところを見せるなど、見た目に反してけっこう大胆なのかと思っていた。けれど、あれは母親に命じられたのと、状況に流されただけなのだ。

そうすると、あれから話しかけても小百合がノッてこなかったのは、単純に恥ずかしかったためらしい。いやらしい女の子だと蔑まれているに違いないと、顔もまともに見られなかったのではないか。

「おれは小百合ちゃんのこと、エッチな女の子だと思ったことはないよ」

安心させるべく告げたものの、彼女は素直に受け止めなかった。

「いいんです、べつに。慰めていただかなくても」

まるっきり信じていないふうに、クスンと鼻をすする。

「いや、そんなつもりじゃなくって——」

「だって、わたしのこと、他にも母から聞いたんですよね？」

「え？」

「わたしがいくつのときから、その、ああいうことをしてたとか、どんなふうにしてるんだとか」

小百合が涙目で睨んでくる。おそらく、泉美から聞かされたのだろう。あるいは、自ら母親を問い詰めたのか。

しかし、そんなことよりも、育男は純情娘の泣きベソ顔にときめいていた。

(ああ、くそ、可愛いなあ)

このひとは自分の恥ずかしい秘密を知っているのだと、気にかけていたに違いない。ずっと羞恥に苛まれつつ、育男と接していたのだろう。

純真でいたいけな愛らしさゆえに、意地悪をしたい、もっと泣かせたいという嗜虐心がこみ上げる。だが、それはさすがに可哀想だと、育男は決して蔑んでいないことを伝えた。

「まあ、たしかに、泉美さんから小百合ちゃんのことはあれこれ聞いたけど。でも、おれはむしろ共感してたぐらいなんだ」

「え、共感?」

「だって、おれもずっとオナニーをしてきたわけだし」

育男は思い切って、中学時代に神田でエロ本を買ったことを打ち明けた。こちらが恥ずかしい告白をすることで、彼女も気が楽になると考えたのだ。

「――それで、懐かしくなって神田を歩いてるときに、この神田オナニー商会を見つけたんだよ」

「そうだったんですか……」

うなずいた小百合が、微妙な表情を見せる。どう反応すればいいのかわからず、戸惑っているふうであった。

ただ、少なくとも、ずっと抱いていた恥ずかしさは薄らいだようである。

「とにかく、おれ自身がそういうやつなんだから、小百合ちゃんをエッチな子だなんて思うわけがないよ。むしろ、ショップのお手伝いもする真面目ないい子だって、感心してたんだ」

「真面目だなんて、そんな——」

女子大生が俯く。髪から覗く耳が赤く染まっていた。

「だって、売り物がこれだし、いくら女性のお客さんばかりでも、恥ずかしくないわけがないもの。なのに頑張ってるんだから、偉いものだよ」

小百合は何も言わなかったが、褒められて悪い気はしないはず。むしろ、レジの手伝いは決して楽ではないとわかってもらえて、嬉しいのではないか。

事実、彼女は上目づかいで育男を見て、ちょっぴりはにかんだ。

(何だかいい雰囲気だぞ)

思いがけず小百合と話すことができた。しかもほんの短時間で、気持ちがぐっと近づいた気がする。

もうひとつ意外だったのは、臆することなく彼女と言葉を交わせたことだ。「小百合ちゃん」とちゃん付けで呼びかけ、けっこう露骨な告白までやってのけた。

童貞時代の自分だったら、ここまで積極的になれなかったろう。これも女性を知ったことで、自信がついたおかげに違いなかった。

まあ、セックスをしたのはふたりだけだし、回数も多くないのだが。それでも、相手は美しい熟女と、チャーミングなOLだ。加えて、淑やかな人妻とは、アナルセックスまで体験したのである。

他にも、出張でオナニーを手伝うなど、ここに勤めてまだ一カ月半ぐらいなのに、かなりの痴態を目の当たりにしている。手の届かない存在だった女性たちが、ひとりひとり様々な趣味嗜好を持っていると知り、ずっと身近な存在になった。

だからこそ、小百合の前でも、こうして堂々としていられるのだ。

そういう気持ちの余裕が、彼女にも伝わったのではないか。頼もしそうにこちらを見つめる。

「……あの、もうひとつ訊いてもいいですか？」

「いいよ。なに？」

「えと、段田さんと……アレを見せっこしたとき、段田さんのって、最初から大きくなってたわけじゃないですよね？」

「ああ、そうだったね」

「なのに、あんなに立派になったのは、わたしがスカートをめくったからなんですか？」

「うん。そうだけど」

「でも、下着はほとんど見えてなかったと思うんですけど」

露出が少なかったのに、どうして勃起したのか不思議に感じたらしい。いかにもバージンらしい素直な疑問に、育男はほほ笑ましさを覚えた。

（やっぱり小百合ちゃんって、好奇心旺盛なんだな）

あのときのことを思い返して、ずっと気になっていたのではあるまいか。

育男がたやすくエレクトしたのは、女性に慣れていない童貞だったからである。

だが、さすがにそれは打ち明けづらい。

だいたい、彼女もそんな返答は望んでいないのだと、育男は察した。

「おれが勃起したのは、小百合ちゃんが魅力的だからだよ。脚が見えただけで、たまらなくなるぐらいにね」

あどけない頬がポッと赤らむ。彼女はうろたえ気味に目を泳がせた。

「わ、わたし、全然魅力的なんかじゃないです。だって――」

言いかけて、気まずげに口ごもる。男を知らないし、少しも女っぽくないと言いたかったのではあるまいか。

「そんなことないよ。おれは初めて会ったときから、小百合ちゃんのことをいいなあって思ってたんだ。可愛いし、素直でいい子だし。だから、ほんの少し下着が見えただけでも、昂奮しちゃったんだ」

「そんなこと……」

「それに、今だって」

「え？」

「小百合ちゃんと話をしているだけで、おれ、胸がすごくドキドキしてるんだよ」

「やだ……」

純情な女子大生が、両手を頬に当てる。そんなしぐさにも、琴線《きんせん》が搔き鳴らされる心地がした。

（だけど、おれ、本当に成長したよな）

女の子に面と向かって可愛いと言えるなんて、ほんのふた月前には考えられなかったことだ。神田オナニー商会でアルバイトをして、本当によかった。

いっそ正社員にしてくれないかなと、図々しいことを考えたとき、

「あの……」

小百合が困惑の面持ちを見せた。

「え、なに？」

「それじゃあ、あの……今も、大きくなってるんですか？」

彼女が何のことを言っているのか、育男はすぐにはわからなかった。だが、視線が下へ向けられたことで、ようやく理解する。どうやら、胸がドキドキしていると言ったのを、性的な意味に捉えたらしい。

「い、いや、違う——あっ」

否定しかけて、育男は慌てて股間をおさえた。好奇心の眼差しを意識した途端、そこが膨張し始めたのだ。

「え、どうかしたんですか？」

小百合がきょとんとした顔を見せる。

「いや……小百合ちゃんがヘンなことを言うから、ここが本当に大きくなってき

たんだよ」

「え、本当にって、それじゃ――」

早とちりをしたのだと、彼女は悟ったらしい。

「ご、ごめんなさい。段田さんが、今もドキドキしてるなんて言ったから、わたし、あのときみたいになってるのかと思って」

焦りを浮かべたバージン女子大生に、育男は「いや、おれがいけないんだ」とかぶりを振った。

「いくら小百合ちゃんが魅力的でも、こんなすぐに勃起するのは、おれがだらしないだけなんだ」

「でも……」

申し訳なさそうに目を潤ませた小百合であったが、やはり牡のシンボルが気になるようで、チラチラと視線をくれる。おかげで、海綿体がいっそう充血した。

(待てよ。だったら――)

今日はけっこう気の置けないやりとりができたのだから、もっと大胆に迫ってもいいのではないか。そう考え、育男は思い切って誘いをかけてみた。

「ねえ、このあいだみたいに、ふたりでしようよ」

「え、ふたりでって？」

「オナニー」

要望をストレートに口にすると、小百合が狼狽する。

「そ、そんなこと——」

落ち着かなく泳がせた目がわずかにきらめいているのを、育男は見逃さなかった。嫌がっていないのは明らかだ。

（いや、したいって思ってるに違いないぞ）

その証拠に、うろたえつつも育男の下半身をチラ見している。

「おれ、もうおさまりがつかなくなってるんだよ。それに、このあいだは泉美さんがいたけど、きょうは本当にふたりっきりでしたいんだ」

この誘いに、彼女の気持ちはかなり揺らいだようであった。あの日は母親がいたから好きに振る舞えず、悔いがあったのではないか。たとえば、もっと近くでペニスを観察したかったとか。

「ね、いいよね？」

もう一度迫ると、小百合は気後れを見せつつもうなずいた。

2

ふたりは会長室に移動した。

ショップのほうは、レジのところに呼び出しのベルを置いた。お客さんが来れば、それでわかるはずである。

もっとも、今の時間帯はほとんど誰も来ないと、小百合が言った。どこか期待に満ちたふうな眼差しで。

(やっぱりしたかったんだな)

足取りも、心持ち浮《うわ》ついているかに見える。

ところが、会長室に入ってそのときを迎えると、彼女はためらいをあらわにした。前回のことを思い出し、羞恥がぶり返したのかもしれない。

そうとわかったから、育男は決心を挫けさせないようリードした。

「こっちに坐ろうよ」

小百合を誘い、三人掛けのソファーに並んで腰掛ける。前のように向かい合わせにならなかったのは、より近づきたかったのと、目を合わせずに済むから彼女も気が楽だろうと考えたのである。

「じゃあ、おれが先に脱ぐよ」

育男はベルトを弛めると、ズボンとブリーフをまとめて脱ぎおろした。いったん足首で止めたものを、ちょっと考えて、結局つま先から抜いてしまう。そこまで思い切ったほうが、小百合のほうも踏ん切りをつけやすいはずだ。

「やんッ」

反り返る肉棒を誇示すると、小さな悲鳴が聞こえる。けれど、右隣にいる彼女は顔を背けることなく、それをまじまじと見つめた。

「すごい……」

つぶやいて、喉をコクッと鳴らす。赤く腫れて艶めき、鈍い光を反射させる亀頭から、目を離せない様子だ。

おかげで、その部分がいっそう力を漲らせ、雄々しく脈打つ。

（ああ、見られてる）

距離が近いぶん、前のときよりも昂奮が著しい。処女が漂わせる、ミルクのような甘い香りを嗅いでいたためもあったろう。

「じゃあ、先に始めるからね」

屹立に指を巻きつけると、快さがじんわりと広がる。たまらずしごこうとしたところで、

「あの——」

小百合が不安げに口を開いた。

「え、なに？」

「わたしも脱がなくちゃダメですか？」

育男が下半身すっぽんぽんになったから、自分もそうしなければならないのかと、追い込まれた気分になったのだろう。

「いや、小百合ちゃんはこのあいだと同じでいいよ。無理しなくていいからね」

笑顔で告げると、安堵の面持ちを見せる。いつも下着の上からこすっているとのことだから、最も気持ちのいいやり方でするのが一番だ。

彼女がそろそろとスカートをたくしあげるのを横目で窺いながら、育男は分身に絡めた指を上下させた。

いつもは女性たちの自慰を手助けするのみで、見せ合うときを除けば、自分がすることはほとんどなかった。だが、今日は遠慮なく悦びを求められるのだ。とは言え、早々に昇りつめたらもったいない。ここは長く愉しんで、できれば

小百合と一緒にオルガスムスを迎えたかった。

「あん……」

なまめかしい喘ぎが間近で聞こえる。小百合がパンティ越しに秘部を刺激し始めたのだ。

もっとも、この角度だと、下着の色がかろうじて白だとわかる程度である。指使いもよく見えない。

しかし、愛らしい女子大生が、すぐ隣で淫靡な行為に耽っているのだ。頭がクラクラするほどに昂奮する。

「ああ、気持ちいい」

育男が快感を声にしたことで、彼女も高まったようである。

「あ、あ――くうう」

切なげに身をよじり、歓喜に呻く。漂う甘い香りに、いつしか悩ましい酸味が含まれていた。

「うう――あ」

「やん、感じる」

ふたりの息づかいが交錯する。

「ね、おれの膝に脚をのせていいよ」

震える声で言うと、小百合はためらうことなく、こちら側の脚を育男の腿に上げた。大股開きのはしたない格好で、あらわになったクロッチを指で忙しくこする。

絡み合った脚から、体温が伝わってくる。太腿の裏のなめらかさと柔らかさにも官能を高められ、育男は危うく果てそうになった。

(く――まだだ)

歯を喰い縛って絶頂を抑え込む。そのとき、秘茎を見つめる処女の目が、やけに物欲しげであることに気づいた。

(ひょっとして、さわりたくなっているのかも)

ペニスへの関心はかなり高いようだから、充分にあり得る話だ。射精の瞬間も目撃したのだし、もっといろいろなことが知りたくなっているのではないか。

「小百合ちゃん、おれのをさわってみる?」

誘いをかけると、細い肩がビクッと震えた。

「え、いいんですか?」

好奇心にきらめく眼差しが向けられる。やはりそうなのだ。

「いいよ」

育男が筒肉に絡めた指をはずすと、小百合がオナニーを中断し、右手をのばしてきた。ためらいを示したのはほんの数秒で、いたいけな指を牡の漲りに回す。

「あん、すごい」

握りを強めるなり、泣きそうな声を洩らした。

「むうう」

育男は鼻息を荒ぶらせ、膝を震わせた。

(小百合ちゃんがおれのを——)

無骨な肉器官に巻きついた指は、白くて細い。痛々しさを覚えるコントラストに、嗜虐的な昂ぶりを禁じ得なかった。

(いやらしすぎる)

腰の裏がゾクゾクして、目の奥が絞られる感覚がある。尿道に溜まっていたカウパー腺液が、鈴口からトロリと溢れ出た。

「やん、出てきた」

小百合が泣きそうに顔を歪める。特に驚いた様子はないから、透明な粘液が何なのか、ちゃんと理解しているのだろう。

「おれも小百合ちゃんのをさわるよ」

許可を求めると拒まれるかもしれないので、最初からすると決めて告げる。

「……はい」

彼女がうなずいたのは、自分もさわっているからと、やむなく許したわけではあるまい。腰が切なげにくねっていたから、感じる部分に指がほしくなっていたのだ。

育男は左手を差しのべ、小百合の腕と交差させた。そして、熱気の感じられる中心に触れる。

(ああ、こんなに……)

布が二重になったクロッチ部分は、すでにじっとりと湿っていた。泉美はすぐに濡れると告白したが、娘の小百合もその血を引いているのか。

「あふンっ」

軽く圧迫しただけで、処女が息をはずませる。反射的に脚を閉じようとしたが、左脚を育男の右腿に絡めていたためできなかったようだ。

「気持ちいい？」

訊ねると、恥じらいながらもうなずく。育男は右腕で彼女の肩を抱き、乳くさい匂いを深々と吸い込みながら秘苑を愛撫した。

「あ、あん、ううン」

小百合が切なげに喘ぐ。お返しをするかのように、秘茎に絡めた指を上下させた。

男性経験はなくとも、育男がオナニーで射精するところを見ているのだ。どうすれば快いのか、あれで理解したのではないか。

それに、男性器に興味津々とのことだったから、事前にあれこれ学んでいたのかもしれない。硬い芯を包む皮を、最初は持て余している様子だったが、徐々に慣れてきた。

おかげで、育男が危うくなる。熱い粘りが、筒肉の中心を迫《せ》り上がってきた。

(うう、まずい)

奥歯をギリリと嚙み、忍耐を発動させる。せめて彼女を先にイカせなくてはと、敏感な肉芽が潜んでいるところを狙い、強くこすった。

「あ、あっ、いやぁ」

嬌声がほとばしり、若腰がくねる。

「小百合ちゃんのここ、すごく濡れてるよ」

耳もとで囁くと、彼女は「イヤイヤ」とかぶりを振った。

「だ、段田さんのだってえ」

事実、育男のシンボルは透明汁を多量に垂らし、処女の穢れない指を淫らにヌメらせていたのだ。それを利用して、感じやすいくびれ部分をくちくちとこすり上げられると、腰が砕けそうな愉悦が生じる。

「ああ、小百合ちゃんの手、すごく気持ちいい。とっても上手だよ」

そんなことを言って、調子に乗ってしごかれたら、こちらが危ういのだ。そうとわかりながらも、褒めずにいられなかった。

「うう……だ、段田さんにいじられるのも──ああッ」

女らしく色づきはじめた腰回りが、ビクッ、ビクンとわななく。彼女も感じていることがはっきりして、育男も嬉しくなった。

おかげで、少しは余裕を取り戻せたようである。

ソファーに並んで腰掛け、腕を交差させて互いの性器を愛撫しあう若い男女。そんなシチュエーションも昂ぶりを煽り、快さ以外の感覚がすべて押し流される。

「小百合ちゃん、おれ、イッちゃうよ」

育男がそう告げたのは、彼女もエクスタシーが近づいていると悟ったからだ。

もちろんイキそうなのは嘘ではなく、かなりのところまで高まっていた。

「は、はい」

律儀に返事をしたバージンの、手の動きが速まる。牡を頂上へ導きながら、小百合自身も上昇していくようだ。

「ああ、わ、わたしも……あっ、あああッ、イッちゃう」

ヒップをせわしなくはずませ、しがみつくようにペニスを強く握る。

「イクッ、イク——くぅうううううっ！」

全身をガクガクと揺らし、アクメへと至る。前回のオナニーよりも、派手なイキっぷりだった。

(それだけ気持ちよかったってことだよな)

成就感を味わった育男も、オルガスムスの波に巻かれる。小刻みに震えるいたいけな手の中で、分身を猛々しく脈打たせた。

「あああ、さ、小百合ちゃん、出る——」

鼻息を荒ぶらせて告げた直後、熱情が尿道を駆け抜ける。

びゅくんッ——。

糸を引いて放たれた白濁汁が、前のテーブルに落下した。続いて二陣、三陣が勢いよくほとばしる。

「あ、あ、すごい。出てる……」

歓喜の余韻に四肢をヒクつかせながら、小百合がうっとりした声音でつぶやいた。

3

ぐったりしてソファーに身を横たえた女子大生をそのままに、育男はザーメンの後始末をした。テーブルやカーペットに落ちたものを拭い取るだけでなく、彼女の指やペニスも清める。

夏草のような青くささがほんのり残る中、作業を終えた育男は改めて小百合を見つめた。

(可愛いな)

横臥してからだを丸めた彼女は、瞼を閉じたままだ。息がはずんでいるから、眠っているわけではない。まだオルガスムス後の虚脱状態が続いているのだろう。

つまり、それだけ快感が大きかったということだ。

（おれが小百合ちゃんを、そこまで感じさせたってことだよな）

愛撫を交わしたという肉体的な距離ばかりでなく、心と心もぐっと近づいた気がする。これなら彼氏彼女になれるのではないか。

そして、彼女の初めてをもらう日も、そう遠くあるまい。

小百合のスカートはめくれ上がっており、くりんと丸いヒップに張りついた純白の下着が見えている。おかげで、たっぷり放精したばかりの分身が、新たな欲望にまみれてふくらみだした。

（見たい——）

恥部に喰い込む濡れたクロッチが目に入るなり、衝動が胸を衝きあげる。男を知らない清らかな処女地を、暴きたくてたまらなくなったのだ。

「小百合ちゃん」

気がつくと、欲望にまみれた声で呼びかけていた。

「……はい」

彼女が瞼を開く。焦点が合ってなさそうな、トロンとした眼差しを向けられるなり、願いが自然と唇からこぼれた。

「小百合ちゃんのこれ、脱がせてもいい？」

丸みをぴったりと包む、綿素材らしき柔らかなパンティを撫でると、愛らしい容貌に驚きが浮かんだ。

「え？」

「見たいんだ。小百合ちゃんのアソコ」

小百合が目を見開き、唇を開きかける。拒まれると悟った瞬間、育男は咄嗟に次のひと言を発していた。

「いいよね。小百合ちゃんだって、おれのを見たんだから」

口にするなり、今のは卑怯だったかなと後悔が頭をよぎる。それを言われたら、拒めなくなるに決まっているのだから。

事実、彼女は顔を泣きそうに歪め、唇を噛んだ。

(悪かったかな。でも、仕方ないんだ)

今のうちにと、育男は薄物のゴムに指をかけた。ここは有無を言わさず進めたほうがいいと思ったのだ。秘苑を確かめたい気持ちが、それだけ強かったわけである。

小百合は抵抗しなかった。それどころか、おしりを浮かせて協力してくれる。仕方がないと諦めたのか。

パンティを奪われてしまうと、彼女は仰向けの姿勢になり、両手で顔を覆った。耳が赤く染まっており、羞恥にまみれているのは間違いない。

それに憐憫を覚えつつ、育男は次へ進んだ。

「開くよ」

立てた膝に両手をかけると、若腰がピクッとわななく。しかし、小百合は抗うことなく力を緩め、されるままになっていた。

「うう……」

と、小さな呻きをこぼして。

（ああ、これが――）

あらわになった処女の泉に、育男の胸は感動でいっぱいになった。

ヴィーナスの丘に萌える秘叢は薄く、範囲も狭い。その真下に切れ込んだ谷の両側には、何も生えていなかった。

おかげで、他の男の目に触れさせたことがないはずの、清らかな性器をつぶさに観察できる。

一帯は色素の沈着が淡く、肌がほんのり赤らんでいる程度。ふっくらしたもうひとつの唇は閉じており、子猫の舌みたいな花弁をわずかにはみ出させている。

いかにも穢れのない、崇高な趣すら感じられる眺め。だが、合わせ目にきらめく恥蜜の痕跡が、女であることを訴えていた。

「小百合ちゃんのここ、すごく綺麗だ。可愛いよ」

声をかけても返事がない。何も言わないでというふうに、腰が左右に小さくくねった。そんな反応も愛おしい。

彼女は顔を両手で隠したままだ。視線が向いていないのをいいことに、育男は中心へ顔を寄せた。

ふわ――。

ぬるいかぐわしさが漂ってくる。ミルクを煮詰めたような悩ましい処女香は、汗の酸味とオシッコの磯くささも混じっていた。飾り気のない、普段のままの匂いに胸がはずむ。

そうやって馥郁とした香りを愉しめば、味わいたくなるのが人情だ。

「え？」

小百合が疑問の声を洩らす。秘められたところに密着するものを感じたのだ。

それから、濡れ温かなものが這い回る感触も。

犯人はもちろん育男だった。可憐な秘割れに口をつけ、まぶされた甘い蜜を舐め取っていたのである。

「イヤッ、だ、ダメぇっ！」

盛大な悲鳴をあげた女子大生が、腰をよじって逃げようとする。育男は暴れる腰をがっちりと押さえ込み、決して離さなかった。

そして、舌を忙しく躍らせる。

「あああ、だ、ダメですぅ。そこ、汚れてるんですからぁ」

すすり泣き交じりの訴えは、もちろん耳に届いていた。けれど、育男は少しもかまわず、愛しい処女の秘苑をねぶり続ける。そもそも、汚れているなんて、まったく思わなかったのだ。

（ああ、美味しい）

正直なしょっぱみも、ひたすら好ましい。もっと味わいたくてたまらない。

股間のシンボルは、すでに完全復活を遂げていた。雄々しく脈打って反り返り、下腹をぺちぺちと打ち鳴らす。

それを処女地へ突き立てたいと、思わなかったと言えば嘘になる。しかし、愛しさゆえに穢すことがためらわれ、ひたすら舌を律動させた。彼女をさらなる快楽の境地へ導くために。

「イヤ、あ——あふ、くぅうん」

洩れ聞こえる喘ぎ声が、艶めきを帯びてくる。悦びが羞恥を凌駕したようだ。

くねくねと休みなく動く若尻も、逃げようとしているのではないとわかった。

(感じてるんだ、小百合ちゃん——)

感激が胸に満ち溢れ、舌づかいがいっそう細やかになる。

「ああ、あ、ダメです……ううう、か、感じすぎるのぉ」

下腹がヒクッ、ヒクリと波打つ。膣奥から新たなラブジュースがこぼれ出した。

それは粘りが強く、いっそう甘かった。

(よし、このまま)

クンニリングスでイカせるべく、敏感な肉芽を責め立てようとしたところで、
思いがけない言葉が告げられる。

「うう……わ、わたしにも——だ、段田さんのオチ×チン、くださいっ!」

育男は驚愕した。セックスをねだっているのかと思ったのである。しかし、そうではなかった。

「ね、お願い……うう、わ、わたしも段田さんのオチ×チン、舐めたい」

フェラチオをしたいのだとわかり、落胆と安堵の両方を覚える。続いて、喜びも。

「ああ、ちょうだい。オチ×チンください」

切なる訴えは、心から舐めたがっていることの証しだ。お返しをしなければという、義務感にかられての要請ではない。あるいは牡の漲りをしごいたときにも、しゃぶりたくなったのではないか。

純情な女子大生が発したストレートなおねだりに、育男は現実感を失いそうになった。そこまで一途に求めるなんてと、情愛もこみ上げる。

(よし、だったら——)

女芯に口をつけたまま、育男はからだの向きを百八十度変えた。小百合の上になり、彼女の顔の真ん前にペニスを差し出す、男上位のシックスナインの体勢だ。

「むううう」

堪え切れずに呻いたのは、強ばりきった分身に、柔らかな指が巻きついたからだ。それは下腹にへばりつくものを引っ剝がし、ふくらみきった亀頭を温かく濡れたところへ収める。

(小百合ちゃんがおれのを!)

その事実と、遠慮がちに舐めるいたいけな舌づかいに、たちまち爆発しそうになる。

(いや、まだだ)

理性を振り絞り、秘唇ねぶりを再開させる。指で包皮を剝き上げ、現れたピンク色の真珠を優しく吸ってあげた。

「むふぅううっ」

若腰が跳ね、女らしく色づいた美脚が曲げ伸ばしされる。指で刺激したとき以上の、あからさまな反応だ。

小百合も対抗するように、ピチャピチャと舌を躍らせる。腿の付け根が甘く痺れ、今にも射精へのカウントダウンが始まりそうだ。

今度は指ではなく、舌と唇による愛撫の応酬。体温が上がって着衣の上半身が汗ばみ、シャツが背中に張りつく。それは彼女も同じらしく、処女のボディが甘ったるい媚香を放ち出した。

そして、まずは小百合が頂上へ向かう。

「むっ、ふッ、むうううううっ！」

肉根を口に入れたまま、下肢をビクビクと痙攣させる。それを見て緊張が緩んだため、育男も急上昇した。

(あ、まずい)

このままだと、小百合の口を穢してしまう。咄嗟に抜こうとしたものの、先端をちゅぱッと強く吸われたことで腰砕けになる。

「あ、ああ、出るよ」

放出を予告しても、彼女は口をはずさなかった。それどころか舌を忙しくレロレロと回し、牡器官を懸命に吸いたてる。

「うあ、あああ、いく」

愉悦に目がくらみ、頭の中が真っ白になる。育男は全身を震わせながら、粘っこい牡汁をドクドクとほとばしらせた。

(……ああ、出しちまった)

それも、初めて男のモノをしゃぶった処女の口内に。

オルガスムスの余韻の中、虚脱感と罪悪感にまみれる。愛液と唾液の混じった、淫靡な匂いをたち昇らせる女芯に顔を埋め、育男はなかなかおとなしくならない呼吸を持て余した。


互いの性器をティッシュで清めあってから、身繕いをする。ソファーに腰掛けたままパンティに脚を通す小百合は、目許を恥じらい色に染めていた。

(ああ、なんて可愛いんだろう)

たった今、淫らな行為に耽ったばかりとは信じられない、清純そのものの横顔。彼女はきっと、いつまでもこのままなのだと、根拠もなく信じられた。

「またしようね」

声をかけると、愛らしい顔が向けられる。

「はい」

返事をして、小百合が恥ずかしそうに白い歯をこぼす。あまりにキュートで、身悶えしたくなった。

(この感じなら、近いうちにセックスも——)

バージンをもらえるに違いないと、期待が高まる。ところが、続いて告げられたことに、育男は唖然となった。

「またいっしょに……オナニーしましょうね」

ということは、彼女にとっては今の相互愛撫も、オナニーの延長上にあるものなのか。互いの性器を舐め合うことまでしたというのに。

あきれ返った育男は、純情なはずの処女が、初めてオナニーという単語を口にしたことに驚く余裕すらなかった。けれど、はにかんだ無邪気な笑顔に、(ま、いいか）と思う。

（これってむしろ、小百合ちゃんらしいのかもな）

育男は笑顔を返し、

「うん。いっしょに気持ちよくなろう」

晴れ晴れとした気持ちで、愛しい女の子に告げた。

＊この作品は、書き下ろしです。また、文中に登場する団体、個人、行為などは実在のものとはいっさい関係ありません。

二見文庫

人妻《ひとづま》の密《ひそ》かないたずら

著者　橘《たちばな》　真児《しんじ》

発行所　株式会社 二見書房
東京都千代田区三崎町2-18-11
電話 03(3515)2311［営業］
03(3515)2313［編集］
振替 00170-4-2639

印刷　株式会社 堀内印刷所
製本　株式会社 村上製本所

落丁·乱丁本はお取り替えいたします。
定価は、カバーに表示してあります。

ISBN978-4-576-16133-4
http://www.futami.co.jp/

二見文庫の既刊本

女教師の相談室

TACHIBANA, Shinji
橘 真児

中学校に、心理カウンセラーとして赴任した翔子は保健室と連動した「心の相談室」を設けることにした。だが、訪れる生徒の相談の奥に垣間見えるのは「性への好奇心」。それを目のあたりにすることで、彼女の中に潜む情欲が刺激され、生徒や同僚を巻き込んで性の快感を追求し続けるのだが——。人気作家による青い学園官能の傑作!

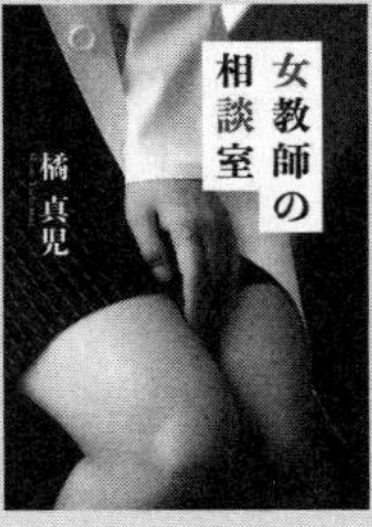